À UN ÉTAGE PRÈS

Du même auteur

Dictionnaire de la pensée oblique
Cylibris, 2002

Tribus modernes
Éditions du Rocher, 2008

Encre brute
Pierre-Guillaume de Roux, 2013

Aujourd'hui l'abîme
Le Nouvel Attila, 2014

Carrières de sable
Le Nouvel Attila, 2016

Ici ou là-bas
Le Nouvel Attila, 2019

JÉRÔME BACCELLI

À UN ÉTAGE PRÈS

roman

ÉDITIONS DU SEUIL
*57, rue Gaston-Tessier, Paris XIXe*

ISBN 978-2-02-152479-6

www.seuil.com

1

Elisa Vallonne avait la phobie des ascenseurs. Elle s'était réveillée ce matin-là à onze heures et demie passées, ce qui ne lui arrivait jamais. En tâtonnant jusqu'à la douche bouillante elle se souvint du cauchemar dont elle venait juste de se libérer : au sommet d'une gigantesque tour de verre, dans une minuscule cabine aux parois gris métallisé dépourvue de porte, le manager des ressources humaines qu'elle avait rencontré la veille baissait la braguette de son pantalon, en sortait un petit pénis prétentieux ; heureusement, le plafond s'ouvrait et un inconnu en costume bleu la sauvait. Elle repassa hâtivement son tailleur et son pantalon noirs, son chemisier blanc, qui exhalaient une même odeur de sueur et de stress accumulée par des années d'entretiens d'embauche ou d'évaluation de performances. Lorsqu'elle fut prête elle effectua un tour de sa chambre d'hôtel, se força à patienter, à regarder s'effacer l'empreinte de ses pieds nus sur le dallage de la salle de bains, puis ferma la porte et prévint la secrétaire par téléphone :

– Désolée. Les embouteillages...

Dans le petit hall du bâtiment où avait lieu l'entretien nul ne trouva suspect qu'elle préfère emprunter l'escalier plutôt que l'ascenseur. Lorsqu'elle atteignit le cinquième elle put discrètement récupérer son souffle en suivant la secrétaire, priant pour que l'air conditionné vienne à bout de sa sueur coupable et la rende aussi impalpable, aussi abstraite, aussi inodore que les bureaux paysagers qu'elle traversait. Mais le souvenir de son cauchemar se raviva lorsque dans la salle de réunion la main molle du manager de la DRH se glissa dans la sienne : peut-être pendant leur précédente entrevue cette main avait-elle frôlé sa cuisse, et s'était-elle attardée une milliseconde de trop le long de sa hanche. Tandis qu'il décrivait le protocole de cet ultime entretien Elisa l'inspecta du coin de l'œil. Il avait cette laideur des aigris, des gens repoussants depuis des générations. Ses jambes vulgairement écartées devant elle soutenaient un petit torse, surmonté d'une tête encore plus petite, carrée et blonde, comme celle d'un méchant robot de *La Guerre des Étoiles*, et la veille déjà Elisa avait trouvé curieux que tous ses membres soient articulés autour d'un pénis invisible et non, comme chez l'araignée ou le crabe dont il avait la morphologie, autour de la tête. Puis elle sursauta : du téléphone à haut-parleur sortait une voix d'homme nasillarde, inconnue, qui donnait le vertige. À la première voix se mêlèrent d'autres voix d'hommes tout aussi nasillardes, qui l'assaillirent de questions sur le poste qu'elle occupait, pendant que le manager prenait fébrilement des notes sur un cahier d'écolier dont il s'assurait avec dextérité qu'elle ne pouvait voir le contenu.

Brusquement les questions s'arrêtèrent et le silence fut complet. Elle ignorait si l'entretien était terminé ou non, mais elle crut entendre une respiration lente, comme si par erreur on avait oublié de raccrocher. Tandis que l'homme de la DRH continuait à écrire avec inspiration, Elisa détourna son attention du haut-parleur, son regard flotta sur le quartier financier, sur ses gratte-ciel au loin, puis s'attarda sur un individu qui venait de sortir de la station de métro. L'homme, petit, chauve et moustachu, se dirigeait vers la plus grande tour des environs, lentement, de plus en plus lentement, comme sous l'effet d'une gravitation inverse. Elisa observa son reflet légèrement déformé dans les vitres teintées des immeubles qu'il longeait, reflet qui se réverbérait et se répétait à l'infini de façade en façade. Soudain, sans raison apparente, l'homme s'arrêta au milieu du trottoir, releva la tête en direction de la vitre opaque, et sembla la regarder à travers. Il portait un costume bleu, bleu pétrole, comme l'inconnu qui l'avait sauvée dans son cauchemar.

– Chinois ou italien ?

– Pardon ?

– Vous êtes libre à déjeuner j'espère. Chinois ou italien ? répéta le manager.

Dans le haut-parleur la respiration avait enfin cessé, la ou les personnes avaient dû raccrocher, et en bas l'immense tour de verre avait avalé le petit homme en costume bleu pétrole.

*

Ils marchaient côte à côte vers le centre-ville. L'homme demeurait penché sur son téléphone avec une gravité calculée. Il ne laissait rien transpirer de leurs entretiens, il savourait son suspense aussi longtemps que possible. Au fil de sa carrière Elisa avait fréquenté nombre de ces mâles prétentieux, tout en rondeur et en compromis sauf dans ces moments précieux où ils tenaient entre leurs mains le destin d'un subordonné : alors, sous un air désinvolte, ils faisaient preuve de la pire cruauté.

– Dites-moi, depuis combien de temps… ? demanda-t-il subitement avant de s'interrompre.

– Depuis combien de temps quoi ?

– Depuis combien de temps travailliez-vous pour nous ?

– Quatorze mois.

– Quatorze mois…

Avait-il bien dit « travailliez », plutôt que « travaillez » ? Qu'insinuait-il exactement ? Elle avait envie de lui crever les yeux. À mesure qu'ils s'enfonçaient dans le quartier financier les ombres s'allongeaient, le soleil ne parvenait plus à éclairer les avenues ni les trottoirs ; les bâtiments s'élargissaient, des blocs de granit ininterrompus plastronnés d'une énorme plaque de bronze occupaient la moitié d'un pâté de maisons. Ils marchaient sur l'avenue principale, Elisa suivait sans relever la tête, sans oser mesurer le gigantisme de ces monolithes en béton armé. Soudain l'homme bifurqua vers la droite, en direction du numéro quatre cent vingt-cinq : Elisa reconnut la tour dans laquelle elle avait cru voir pénétrer le costume bleu pétrole.

– Nous n'allons pas au restaurant ?

– J'ai fait livrer au siège. Pellegrini ne dispose que d'un quart d'heure, ce qui est déjà inespéré.

Après plus d'un an elle découvrait que le siège dépendait d'un siège encore plus important.

Ils venaient de pénétrer dans l'atrium, l'homme la précédait jusqu'à la batterie d'ascenseurs.

– Quel étage ? Je vous rejoins.

– Le trente-septième. À tout de suite.

Elle le laissa disparaître derrière les portes coulissantes sans oser affronter son regard, puis se mit à courir en direction de l'escalier, dont la porte refusa de s'ouvrir. Un agent de sécurité lui expliqua qu'il était accessible pour descendre, jamais pour monter, et que c'était toujours le cas dans ce genre d'édifice. Elle s'adossa au mur en poussant un soupir. Quoi qu'il en soit elle ne serait parvenue au trente-septième que bien après l'heure convenue, déshydratée, démaquillée. Elle sortit un stylo de son sac à main, déplia un mouchoir en papier et se mit à y écrire ce qui lui passait par la tête, une suite de mots désassortis. Le docteur Meyer avait raison, elle se sentit effectivement un tout petit peu mieux. Pendant un moment elle regarda distraitement les cinq ascenseurs s'ouvrir et se refermer à l'autre bout de l'atrium, au rythme de discrets bruits de sonnette légèrement suraigus. De l'un d'eux sortit un facteur en short et casque colonial, qui cachait un homme tenant un bouquet de fleurs. Elle reconnut le monsieur en costume bleu pétrole qu'elle avait aperçu dans la matinée. L'ascenseur montait, d'après la flèche lumineuse, et l'homme n'en sortait pas, il devait donc venir du parking au sous-sol et se rendre dans les bureaux. Elisa lui héla de l'attendre et à quatorze heures deux, pour la première fois depuis dix-sept ans, elle pénétra dans un ascenseur. D'un doigt tremblant elle appuya sur le bouton du trente-septième étage.

2

C'est en ouvrant la porte de la salle de réunion Nelson-Mandela que Josh Koplovski comprit. Il était midi quinze, ils étaient tous là, ou à peu près, le nez dans leur téléphone en train de vérifier le score du match ou de faire leurs emplettes en ligne : une douzaine de collaborateurs, rassemblés autour de la longue table ovale, grignotant un biscuit d'apéritif, tenant une canette de bière enveloppée d'une serviette en papier ou un verre en plastique rempli au tiers de vin rouge. Sur le buffet, deux bouteilles de cabernet étaient débouchées. Quelqu'un hurla « Hourra au retraité ! » et Koplovski réalisa que c'était à lui que l'on venait de s'adresser. Tous ces gens étaient là pour lui. Il comprit aussi pourquoi la secrétaire de Pellegrini avait laissé en blanc dans son invitation le sujet de cette mystérieuse réunion.

Il lui fallut quelques secondes avant de remarquer la photo, qui devait dater d'au moins dix ans, le montrant souriant à son bureau dans ce même costume bleu pétrole qu'il portait à cet instant. Sans doute était-ce Pellegrini qui l'avait choisie. L'image, peu flatteuse, floue, affichée grâce à un projecteur à même le mur blanc, occupait tout l'espace et criait son silence, comme si l'on honorait un mort. Sur la table était posée une énorme gerbe de fleurs, couchée sans même un pot pour la soutenir. Elles devaient être pour lui. Qu'allait-il faire d'un bouquet ? Dans cet air climatisé, sans eau, ces fleurs étaient condamnées à se flétrir, surtout les lilas, il avait l'impression qu'ils s'étaient déjà racornis et commençaient à perdre leurs couleurs. Leslie, qui aimait tant les fleurs, aurait su quoi faire.

Il tenta de gagner le buffet pour se servir du cabernet, mais la petite foule s'était regroupée entre la table et la porte : son manager venait de faire son entrée. S'efforçant de donner l'illusion d'une saine camaraderie entre les deux hommes, Pellegrini fendit le groupe et vint le prendre par l'épaule en poussant de grands éclats de rire, mentionnant un projet oublié, un acronyme obscur, des anecdotes tristes à pleurer. Lui pensait à ce bouquet : quelqu'un devait s'occuper de ces fleurs, les plonger dans l'eau.

– Il paraît que vous partez aux Antilles ? Quelle île ?

Puis, ayant apparemment décidé que l'on avait assez attendu, Pellegrini prit la parole : sans notes, avec une diction parfaite, le directeur dressa de Koplovski un portrait lavé de tous ses défauts, mais d'une telle façon que, au lieu de vanter les compétences de l'intéressé, le résumé de son *curriculum vitae* (dont la version PDF avait remplacé la photo floue sur le mur) suggérait à quel point son pouvoir s'était amoindri en trente-cinq ans de carrière. Lorsqu'il travaillait pour Microsoft dans les années quatre-vingt,

Koplovski avait encadré une équipe de programmeurs, puis chez Dell une chaîne de production hardware pour un microprocesseur en vogue. Mais depuis son arrivée dans le groupe Maxa il n'encadrait plus grand-chose d'autre que l'écran de son ordinateur. Pellegrini omit de mentionner que les sept dernières années son titre n'avait pas changé, et qu'au matin tout le département était au courant de la mise à la retraite anticipée de Joshua Koplovski sauf l'intéressé. Un sourire narquois au coin de ses lèvres trahissait l'ampleur de sa victoire sur l'employé qui lui avait tenu tête.

Une salve d'applaudissements retentit, Pellegrini devait avoir terminé, mais Koplovski se fit la remarque qu'on applaudissait moins sa carrière que le discours de l'executive, comme on le faisait chaque fois à la fin de ses All Hands Meetings. Il chercha des yeux Fade et Madura, mais ses collègues de toujours n'avaient pas fait le déplacement. Il prit conscience qu'il ne les reverrait peut-être jamais et que dans une heure, une fois franchie l'épaisse porte du rez-de-chaussée du quatre cent vingt-cinq, il n'aurait plus sous la main, pour preuve de son dévouement pendant tant d'années et des multiples brevets qu'il avait déposés au nom du groupe, que ce dérisoire *curriculum vitae*, c'est-à-dire, au-delà du mot latin qui tentait d'y apporter un semblant de profondeur, un misérable document truffé d'acronymes, de noms de projets et de produits obsolètes qui ne signifiaient déjà plus rien pour personne. La perspective d'une chute aussi brutale était impensable. La possibilité, la nécessité, d'un événement miraculeux commença de germer en lui.

Outre une carte signée de noms illisibles, il se vit remettre un téléphone portable dernier cri enveloppé d'un étui en métal doré. Il remercia, posa la carte et le téléphone sur la table, fit comprendre qu'il ne ferait pas de discours. Ses pensées dérivaient vers les fleurs, il éprouvait le besoin physique de se saisir du bouquet, d'aller le passer sous le robinet des toilettes, de lui faire boire de grands verres d'eau, de le voir renaître. Autour de lui la conversation s'animait, au sujet de projets et de personnes dont il n'avait jamais entendu parler. S'il ignorait toujours en quoi consisterait l'acte extraordinaire qu'il allait accomplir, Koplovski sut qu'il devait d'abord sortir de cette salle de réunion pour recouvrer ses esprits.

Il marcha vers la porte, dépassa Madura qui était enfin là et hochait la tête d'un air entendu en souriant : lui qui avait toujours été proche de Koplovski commençait par précaution à épouser la voix de baryton, la gestuelle pesante, le regard de Pellegrini, son nouveau mentor.

– C'est une nouvelle vie qui démarre, Josh.

Madura avait raison. Une nouvelle vie était sur le point de démarrer pour Josh Koplovski.

– Je reviens.

Mécaniquement, il appela l'ascenseur, descendit jusqu'au parking du deuxième sous-sol. Sa voiture en vue, sa main gauche appuya sur la clé à télécommande, et le coffre de la vieille Volkswagen s'ouvrit. Sa main droite souleva la roue de secours et saisit une boîte en plastique noire. Il l'ouvrit et s'empara d'un Colt quarante-cinq qu'il coinça sous sa chemise, retenu par l'élastique de son slip. Pourquoi donc ai-je besoin de cette arme maintenant ? se demanda-t-il sans trop chercher de réponse.

De retour dans la salle de réunion il s'aperçut que la plupart de ses collègues étaient déjà partis, et que Pellegrini en particulier s'était volatilisé. Ne restaient plus qu'un garçon au type indien en costume vert et trois jeunes ingénieurs du département Production qui avaient dû voir dans ce pot de départ l'occasion de boire un verre à l'œil. Ces derniers vinrent lui serrer chaleureusement la main comme dans un rassemblement politique, puis ils s'en furent en évitant de le regarder, l'air soudain soucieux, *busy*, le nez dans leur téléphone pour se donner une contenance. Seul le jeune homme en costume vert le fixa en passant, avec une curiosité teintée de voyeurisme, un peu comme on feuillette dans un magazine à sensation les photos de quelqu'un plaisantant, insouciant, juste avant sa mort soudaine. D'ici quelques minutes, une personne serait morte à cet étage, réalisa Koplovski. Si ce n'était pas lui, il serait rapidement jugé, sa retraite s'écoulerait dans un pénitencier fédéral, à l'intérieur d'une cellule de même superficie que le bureau où il avait passé dix ans, sous une lucarne de la taille de son écran d'ordinateur.

*

Koplovski déambula à l'étage à la recherche de Pellegrini, à pas mesurés et silencieux, comme un chasseur. Passant devant son propre bureau, il remarqua un trentenaire d'allure asiatique en train de brancher un ordinateur et un téléphone portable identiques à ceux qu'il était sur le point de restituer, et il se demanda, au cas où cet homme auquel il n'avait jamais adressé la parole serait son successeur, si l'assassiner aurait la même portée symbolique qu'assassiner son chef. Mais le fait qu'il occupât son bureau ne voulait pas nécessairement dire qu'il s'agissait de son remplaçant, d'ailleurs il crut se souvenir qu'il travaillait pour Ambrose, pas pour Pellegrini.

– C'est à vous ?

L'homme lui tendait un stylo et un bloc-notes. Les nouvelles générations n'utilisaient plus de stylos ni de papier, ce genre d'outils ne pouvaient donc appartenir qu'à des vieux.

Koplovski referma la porte sur ce local qui déjà n'exhibait plus la moindre preuve de sa présence les dix années précédentes. Un SMS éclaira l'écran de son téléphone : Pellegrini lui proposait d'ici un quart d'heure une ultime humiliation : se retrouver dans la salle Louis-Pasteur pour briefer une dame qui allait être embauchée. Pour Koplovski ce ne pouvait être qu'elle, sa remplaçante. C'est alors qu'il se rendit compte qu'il avait oublié de charger son arme, que les balles étaient toujours rangées dans un coffret à part dans sa boîte à gants. Il traversa le couloir à grands pas, son cœur battait très vite, le sang lui montait à la tête. Pendant son discours, Pellegrini avait osé affirmer que Kop – il l'appelait « Kop », comme ses collègues du département Ingénierie – venait de terminer brillamment sa carrière. Or une carrière ne se bâtit pas, rectifia Josh Koplovski en appuyant posément sur le bouton d'appel de l'ascenseur. Une carrière, qu'elle soit de sable, de marbre, d'argile ou de gypse, s'évide avec les ans à mesure qu'on la creuse, et son gisement s'épuise, jusqu'à tout à fait disparaître. Ainsi s'évideraient un jour la carrière de sa remplaçante, celle de Pellegrini, celle de tous les cadres du monde.

De retour dans le parking du deuxième sous-sol, il débloqua à distance les portières de sa voiture, sortit le coffret en plastique de la boîte à gants, l'ouvrit, chargea le barillet du Colt de deux balles, et cacha l'arme derrière le bouquet de fleurs après avoir tenté sans succès de la coincer dans son dos. L'ascenseur qui vint le chercher fit une halte au rez-de-chaussée. Monta le jeune homme au type indien en costume vert qui s'était invité à son pot de départ et sondait à présent obstinément le plafond métallique. Les portes étaient en train de se fermer quand une femme les héla depuis l'autre bout du hall ; lorsqu'elle s'engagea dans la cabine il remarqua son teint livide, son front luisant de sueur, et ce regard qui le fixait d'un air suppliant. Il était quatorze heures deux.

3

– Monsieur Fazell, savez-vous pourquoi nous vous avons convoqué ?

L'intéressé sourit à sa collègue des ressources humaines. Bien sûr, il le savait. Jusque-là, nul dans tout le quartier financier n'avait été aussi certain de réussir que Salim Fazell. Peu après son arrivée dans le groupe, un an plus tôt, Salim avait suggéré diverses améliorations dans la gestion des dentifrices mentholés à pâte dure. Puis il avait affiné son discours dans une présentation PowerPoint sur le packaging des crèmes hydratantes revitalisantes. L'analyste junior avait finalement remis une grosse étude au chef de département, Simon Pellegrini, dans laquelle il proposait de doubler les marges en utilisant un sous-traitant offshore et en simplifiant le processus de distribution. Pellegrini avait parcouru l'étude d'un air ostentatoirement distrait, affecté, sous-entendant que les propositions d'un nouveau venu étaient irréalistes, inapplicables, et que le diplôme prestigieux de Salim ne saurait remplacer l'expérience du terrain. Puis il avait rappelé les directives précises du président Del Pietro sur la marche à suivre, les centaines de millions (personne ne s'entendait sur le montant exact) de chiffre d'affaires qu'avait réalisées le groupe l'année précédente, et surtout la rentabilité exemplaire dont jouissait déjà cette ligne de produit, qu'aucune donnée n'était toutefois pour l'instant en mesure de confirmer.

Pellegrini avait néanmoins loué le zèle du jeune analyste, et promis de lire son rapport avec attention. Peu après cette entrevue Salim Fazell s'était vu dépêché dans divers congrès, symposiums et autres vastes conférences d'entreprises. Depuis le stand de la société, dans son costume élimé en velours vert, il haranguait les foules à coups de stylos et de briquets ornés du logo du groupe, rappelant un peu la lignée des catins et arnaqueurs ambulants que l'on voyait jadis s'agiter à la foire agricole d'un chef-lieu… Et puis, lors du All Hands Meeting suivant, cette réunion à laquelle tous les employés étaient conviés au terme de chaque trimestre dans la vaste salle de bal Nelson-Mandela de l'hôtel Hilton, Salim avait constaté avec émerveillement que les grandes lignes de la stratégie énoncée par Del Pietro et son tout nouveau poulain Pellegrini reprenaient point par point ses propres propositions. « Salim, vous nous ferez les meeting notes ? » avait demandé Pellegrini en sortant.

Trois mois avaient suffi pour que les propositions appliquées portent leurs fruits. Salim s'était demandé de quelle façon on allait le remercier. Chaque jour, en vain, il avait espéré une poignée de main chaleureuse de Pellegrini, une convocation dans le bureau de Del Pietro ou dans l'odeur de cigare froid de son Aston Martin, ou, mieux encore puisque le talent n'attend pas, une invitation sur le dix-huit trous du country club le plus sélect de la ville, où les membres du board se rassemblaient tous les mardis matin. À cet effet, l'analyste avait même pris quelques leçons de golf, mais le garçon se trompait d'équipement, prenait un fer pour un putt, et au lieu de travailler son swing préférait énumérer les différentes sortes d'arbres qui jalonnaient le green, séquoias bien sûr, mais aussi épinettes, palmettos, tulipiers... Peut-être avait-il le défaut de respecter cette nature que les architectes paysagistes ont pour mission de castrer ? Cependant, peu importait qu'il ne comprît rien au golf, ni au tennis, ni au squash, et si de sa vie il n'avait jamais vu la neige d'une station de ski ailleurs que sur un écran ni caressé le sable blanc d'une plage de Saint-Barth : l'essentiel chez un homme ne résidait-il pas dans sa compétence ?

Salim avait affiné son étude, corrigé les rares erreurs et imprécisions, optimisé à tout-va, tout en se demandant où se trouvait la clef qui allait enfin lui ouvrir les portes de la seigneurie, des augmentations et des croisières en yacht privé. Ayant remarqué que Pellegrini aimait distiller les paraboles sportives avec une prédilection pour le football, Salim – qui même s'il ne connaissait rien au sport avait grandi dans une famille qui l'appréciait – avait décidé de se rendre une fois par mois à un match de l'équipe locale, pour en dégager quelques anecdotes qu'il ressortirait lors de l'entretien au sommet. Mais les deux All Hands Meetings suivants, dont il continuait à être la seule et anonyme inspiration, avaient été un calvaire : il avait attendu le cœur battant et le front couvert de sueur ce moment où il serait appelé au pupitre et se verrait remettre un prix devant un parterre d'employés jubilant.

Les requêtes de Pellegrini pour connaître son opinion s'étaient faites plus fréquentes, plus directes et plus pressantes, le forçant à travailler jour et nuit. Salim vérifiait les logiciels, consultait les processus, les organigrammes, les spécialités et la personnalité de chaque employé du groupe, et il avait fini par remettre un rapport qui recensait de flagrantes incohérences dans la gestion des coûts de la société, et assurait que plusieurs dizaines de millions de dollars manquaient au solde positif du compte de résultat annuel depuis près de cinq ans.

Depuis la réception du dossier, son chef de département l'évitait ostensiblement. Et puis, la veille au soir, un mail de la direction des ressources humaines diffusé à tous les employés avait annoncé la promotion de Pellegrini au poste de vice-président Stratégie du groupe. Un autre mail, destiné à Salim, le convoquait pour le lendemain huit heures.

*

Il était huit heures deux, dans l'étroit bureau sans fenêtre l'analyste junior se tenait bien droit sur sa chaise.

Au lieu du smartphone de circonstance, ses larges mains enserraient un bloc-notes ouvert à une page vierge en haut de laquelle il avait inscrit la date, le nom et le titre de la collègue assise en face de lui. Seul le sujet de la réunion avait pour l'instant été laissé blanc.

Il le resterait : au lieu de la promotion et des louanges tant attendues, une dame blonde légèrement obèse en jean et en T-shirt au logo #MeToo lui apprit que la direction avait décidé de se priver de ses services.

– Pourquoi ? demanda-t-il d'une voix atone.

– Pour incompétence.

L'analyste junior dut enfoncer ses ongles dans ses cuisses pour ne pas céder à un étourdissement. Les variables de calcul, les propositions, les acronymes énoncés l'asphyxiaient. Il lui était de plus en plus difficile de suivre le cours de l'entretien – ainsi, le cours d'un rêve ou d'un mensonge est plus difficile à suivre que celui de faits réels. Il approuva de lents mouvements de tête réguliers pendant qu'elle le priait de signer divers documents liés à la procédure de licenciement, et une fois l'entretien terminé serra très poliment la main tendue, ouvrit la porte, traversa le couloir, ouvrit une autre porte au hasard. Un groupe disparate y célébrait un pot de départ, il se força à aller se verser un grand verre de jus d'orange qu'il but d'un trait. Il tendait la main alentour à l'aveuglette en déclarant : « Salim Fazell, Marketing-Finance. » Il contempla les épaules fines, le cou et les cheveux blonds d'une jeune femme qu'il connaissait de vue, être à la fois insaisissable et irréel dont le tailleur gris-bleu virevoltait entre les groupes. La légèreté, l'élégance et l'indéfinissable tristesse de ce visage lui rappelèrent cette tour de verre dans laquelle il avait passé le plus clair de ses semaines et de ses week-ends treize mois durant. Il éprouva le besoin d'aller lui parler, sentant confusément qu'elle et elle seule pouvait le sauver. De quoi, il l'ignorait encore, tout au moins ne se l'était-il pas encore avoué. Dès qu'il marcha vers la jeune femme celle-ci fut happée par un collègue plus beau, plus grand, plus blond, et plus blanc, et Salim se replia sur un sexagénaire en costume bleu pétrole qui avait l'air complètement dépassé. Après avoir échangé deux trois mots, il sortit de la salle de réunion, cachant sous le bras son bloc-notes où étaient inscrits de sa propre main en majuscules les termes coupables de son licenciement, et regagna les ascenseurs d'un pas lourd, saccadé. Une fois la cage devant lui – ce concept de cage lui arracha un sourire – il constata qu'il ne savait pas encore où il allait, il savait simplement qu'il devait monter très haut, le plus haut possible. Il resta immobile pendant un bon moment. Une sourde contradiction pesait sur la somme de ses émotions, un paradoxe d'une infinie beauté qu'il situa aux origines de la condition humaine. Il devait être quatorze heures, un carillon retentit, l'ascenseur le plus à droite ouvrit ses portes et ce ne fut qu'après y avoir pénétré que Salim sut qu'il allait se rendre sur la terrasse de la tour, traverser la petite piste déserte de l'héliport, et enjamber la corniche nord-ouest en aplomb de l'esplanade. Avec un peu de chance Pellegrini le verrait tomber aux alentours de quatorze heures dix, depuis le café où le cadre allait toujours prendre un cappuccino après déjeuner. Dans l'ascenseur il releva les yeux vers les derniers êtres vivants qu'il allait côtoyer pendant le bref restant de sa vie : l'homme auquel il avait parlé quelques minutes plus tôt, qui tenait un énorme bouquet multicolore dans la main, et une femme un peu forte aux jolis yeux verts et aux beaux cheveux bruns bouclés. Il décela une odeur âcre de transpiration, pas désagréable.

4

Dans l'ascenseur qui les emmenait vers les hauteurs de la tour Maxa, chacun des occupants exerçait son habileté à éviter le regard des autres. Elisa avait d'abord fait semblant de se réfugier dans l'écran de son portable, et sondait à présent les jointures en caoutchouc des portes coulissantes. Koplovski examinait le bouquet de fleurs commodément placé tout contre son visage. Seul Salim Fazell dévisageait ses voisins avec une insistance gênante. Après avoir imploré leurs mines désabusées pendant de longues secondes, le jeune homme se replia sur un match de football que l'écran de son smartphone retransmettait en direct. Au vingtième l'ascenseur fit une halte, les portes s'ouvrirent sur une conversation animée entre une femme menue à la poitrine opulente et un quadragénaire longiligne en costume gris et cravate bleue. Il fallut se pousser un peu, toujours en évitant de croiser tout regard. La femme disparut à l'étage suivant, le quadragénaire longiligne resta. Il sortit de sa poche une petite boîte en acajou rouge, en ôta le couvercle, découvrant une plage miniature et un râteau de Lilliputien. L'homme saisit le râteau entre le pouce et l'index et avec une dextérité surprenante se mit à ratisser le carré de sable, prenant soin de ne jamais toucher deux grains noirs auxquels une dimension légèrement supérieure aux autres dans ce monde miniscopique devait octroyer le titre d'éminence rocheuse.

– Quel étage ? demanda Elisa.

L'homme jeta un coup d'œil distrait en direction des boutons déjà allumés, puis s'en retourna à son mini-jardin zen.

Salim s'aperçut qu'il n'avait appuyé sur aucun bouton.

– Le dernier. Le dernier étage, annonça l'analyste d'une voix dont le calme le surprit.

Cet ascenseur qui avalait ses proies et fonçait dans la grande tour de verre pour les régurgiter quelques instants plus tard rappelait à Salim Fazell ses premiers mois dans le groupe, lorsqu'il dédaignait la trop confortable mécanique, préférant grimper quatre à quatre les marches de l'escalier qui le menait au sixième étage, comme il s'attendait à grimper celles de sa hiérarchie, investi d'un destin exceptionnel dans l'industrie du dentifrice à pâte dure. Et maintenant cet ascenseur l'emmenait au pinacle de la tour, au pinacle de son existence ; cet ascenseur dans lequel deux hommes et une femme se tenaient à seulement quelques centimètres de lui, mais ne pouvaient rien deviner de ses intentions. Les auraient-ils devinées si leurs corps s'étaient touchés, s'ils avaient senti les tremblements nerveux qui secouaient Salim ? De toute façon cela n'arriverait jamais. C'était comme dans la kitchenette du quatorzième quand venait l'heure de faire chauffer son petit plat : on était forcés les uns contre les autres, on rentrait le ventre, tout plutôt que de s'effleurer ; et après cela on vous envoyait dans des stages de team building où l'on vous demandait de réceptionner un collègue qui vous tombait dans les bras les yeux fermés. Assurément il n'avait rien à craindre : malgré cette promiscuité, malgré cette odeur âcre qui – il en était sûr – suintait du chemisier de la femme un peu forte aux jolis yeux verts, malgré cette haleine de café mêlée de lointains relents de digestion qu'il attribua, à cause de ses dents anormalement jaunies et des poches qui pendaient sous ses yeux, au monsieur qui portait un bouquet de fleurs, nul ne se doutait que dans quelques minutes il allait se rendre sur le toit de cette tour et se hisser sur la corniche qui surplombait l'esplanade. Mais ce silence était intenable. Son regard retomba sur son téléphone et sur le match de football, où l'équipe locale venait de marquer un but.

– En pleine lucarne !

Ç'avait été plus fort que lui, il avait hurlé, aussi fort qu'au stade un vendredi soir vêtu de son T-shirt rouge et or, un hot-dog dégoulinant de ketchup dans les mains et une pinte de bière coincée entre les genoux. Salim voulut s'excuser, mais il s'en abstint après un coup d'œil à ses voisins. Le sexagénaire s'était caché le visage derrière son bouquet de fleurs et regardait soigneusement par terre. L'autre monsieur semblait n'avoir rien remarqué, accaparé par son jardin japonais dont il venait pour une raison mystérieuse de déplacer avec précaution l'un des deux cailloux noirs. Seule la femme aux yeux verts dévisageait l'analyste avec étonnement. Jamais de sa vie Salim Fazell ne s'était senti aussi mal à l'aise. À ce moment-là, l'ascenseur fut secoué par une embardée.

– Bon sang mais quel… ! s'exclama le sexagénaire.

*

Ils ne ressentirent d'abord que des tremblements irréguliers, pareils à ceux d'un séisme. L'ascenseur s'ébroua, grimpa avec une accélération si soudaine que les témoins lumineux des étages s'éteignirent, puis flotta pendant quelques secondes avant de tomber comme un avion dans un trou d'air. Tout le monde criait. La course se ralentit, et l'ascenseur s'immobilisa enfin. Les portes s'ouvrirent dans des grincements dignes d'un vieux cargo chypriote. La lumière était revenue, mais les témoins des étages ne fonctionnaient plus.

– Bon sang ! Mais qu'est-ce qui vous a pris de gueuler comme ça ?… s'indigna le retraité.

– Moi ? Mais je…

– Où sommes-nous ? continuait l'autre sans attendre la réponse de Salim. En dix-sept ans dans la tour, je n'ai jamais vu ça…

On essaya tous les boutons, ceux de chaque étage et jusqu'à celui de l'alarme sur lequel était dessiné le profil prometteur d'un casque de pompier, en vain. Une fois qu'il fut évident que l'ascenseur était complètement en panne, on se risqua à en sortir.

Devant eux s'ouvrait un vaste espace obscur. Les murs paraissaient étrangement nus, peut-être parce qu'ils soutenaient un plafond anormalement haut, en grande partie dans la pénombre. Des vitres rectangulaires perçaient régulièrement le périmètre, mais des stores vénitiens empêchaient la lumière du jour d'y pénétrer. L'homme longiligne avisa une batterie de commutateurs et les enclencha en cascade. De part et d'autre du plafond désormais visible, des néons blafards s'allumèrent paresseusement.

– Vous avez vu ?...

Salim Fazell pointait du doigt la moquette, ou plutôt le sol, là où aurait dû se trouver la moquette. Une couche de sable beige amassée en petites dunes recouvrait toute la surface de l'étage.

– Je vais remonter les stores, parvint à dire Elisa en se dirigeant vers les fenêtres.

Elle était encore secouée par les ébrouements de l'ascenseur. Ses chevilles la soutenaient à peine, le sable mouvant crissait sous ses talons aiguilles, mais elle trouva le courage d'aller tirer le premier cordon. Elle évita de trop s'approcher pour ne pas être confrontée à ce vide autour du gratte-ciel mais ne put s'empêcher de voir les petits points mobiles sur l'avenue tout en bas – ce n'étaient pas des piétons mais des voitures. Prise de vertige, elle recula brusquement, puis se força à regarder. Il était quatorze heures douze en ce sept février, le soleil en bas traversait déjà le feuillage des cèdres jusqu'à la pelouse du parc. Elle tira un autre cordon, puis un autre, les langues de lumière se superposèrent et le soleil inonda l'étage.

– En bas tout paraît normal, annonça-t-elle.

Ce ne devait pas être un tremblement de terre. On poussa un soupir de soulagement, même si l'on pouvait maintenant affirmer que l'étage était complètement désert. Au nord, les néons éclairaient un espace sectionné en une salle de réunion et des bureaux cloisonnés ou paysagers, équipés de tables en contreplaqué, d'étagères métalliques, de parois de séparation cartonnées et de quadrillages au plafond. Ce même motif rectangulaire, peut-être à cause des dunes sur lesquelles tout ce mobilier reposait, paraissait se répéter à l'infini, dans différentes dimensions, plus qu'en aucun autre endroit au monde.

– Mon téléphone ne fonctionne pas, remarqua Salim.

– En effet, pas de réseau. Je n'ai jamais eu ce problème à aucun étage, c'est curieux.

C'était l'homme longiligne qui venait de parler pour la première fois.

Il s'aventura plus avant, son portable brandi tel un crucifix, lentement, pour tenter de capter un signal. La nudité du local conférait à la situation une dimension à la fois tragique et cocasse digne de *Don Quichotte*. À mesure qu'il progressait s'élevaient de lentes nuées de poussière. Sauf la façade sud-est, pourvue d'une salle de réunion et d'une enfilade de bureaux fermés, tout l'espace sablonneux – plusieurs milliers de mètres carrés – était piqué ici et là de postes de travail par deux ou par quatre séparés les uns des autres par de courtes cloisons en forme de croix, dont certaines dépassaient à peine le sommet des dunes les plus hautes. Les seules différences parmi ces batteries de postes résidaient dans les accessoires, le plus souvent ergonomiques, dont certains étaient pourvus : ici un support dorsal de fauteuil, là un repose-poignet pour souris. Dans la kitchenette restaient un distributeur automatique de snacks et un autre, de sodas – tous deux se révélèrent vides après que Salim eut ménagé un trou dans la couche de poussière qui en recouvrait la glace –, quelques journaux encore pliés, posés sur la table dans un état d'effritement avancé, une douzaine de tasses à café remplies d'un nuage de pourriture. Il était étrange d'observer ces bureaux fossilisés.

– Ce sable… Pourquoi tout ce sable ? répétait le sexagénaire. En dix-sept ans dans la tour…

Il demeurait immobile, les bras ballants. L'homme longiligne se retourna vers lui.

– Personne n'a donc de réseau ? demanda-t-il.

C'était la deuxième fois qu'il disait quelque chose. Le ton était plus surpris qu'impatient. Sa voix, calme, mesurée, appartenait à quelqu'un qui a l'habitude d'être obéi. Koplovski répondit qu'il avait oublié son téléphone dans sa dernière réunion.

On s'était naturellement rassemblé près de la façade qui dominait la ville lorsqu'un bruit de ferraille retentit de l'autre côté de l'étage. L'ascenseur referma ses portes et repartit remplir sa fonction habituelle.

5

Après les protestations d'usage, on erra pendant près d'une heure à travers l'étage en quête d'une sortie. On évitait de se croiser, on regardait de part et d'autre, on cherchait un téléphone oublié, une prise Ethernet. On espéra d'abord que quelqu'un allait surgir au détour d'un couloir, un agent de sécurité ou un manutentionnaire portant ses outils sous le bras, mais, à en juger par toute cette poussière sur le mobilier et les boutons de porte, on sentait bien que c'était peu probable. Tous les stores étaient maintenant remontés, l'homme longiligne avait suggéré de se relayer pour appeler régulièrement l'ascenseur, puis il s'était pensivement réfugié dans son mini-jardin zen dans un coin de l'étage. Les autres cherchaient l'escalier de secours en soulevant des nuées de sable qui les faisaient tousser. Hélas, une fois trouvée, la porte d'accès se révéla elle aussi verrouillée. Eût-elle été déverrouillée, d'après les estimations de Koplovski elle devait de toute façon donner sur l'extérieur de l'immeuble, c'est-à-dire sur près de cent cinquante mètres de vide.

– C'est bien mon jour, moi qui ne prends jamais l'ascenseur... soupira Elisa.

– Vous aviez une réunion ? demanda Koplovski.

– Au trente-septième ! répondit-elle dans un ricanement nerveux.

L'homme longiligne s'arracha momentanément à son jardin zen, mais se garda bien de faire le moindre commentaire. C'était son étage.

– On va s'apercevoir de mon absence, commença Koplovski d'une voix exagérément forte. Il ne se passe pas cinq minutes sans qu'on m'appelle et...

Il ne finit pas. Le mensonge était venu tout seul, par habitude. Il avait oublié qu'il ne faisait plus partie de la société.

– Pas moi, ricana sombrement Salim.

– Je vais trouver un pot pour ces fleurs, dit Koplovski.

Il disparut dans les toilettes pour cacher son arme et revint avec un seau rempli d'eau. Elisa l'aida à disposer le bouquet dedans.

– Il faudrait couper les tiges en biais, comme ça, suggéra-t-elle, pour qu'elles respirent mieux.

Ce qu'ils firent, à l'aide d'un cutter que Josh Koplovski avait mis de côté parmi les affaires qu'il comptait ramener. Ils placèrent ensuite le seau sur le rebord de la fenêtre, dans la salle de réunion. Le bouquet était vraiment magnifique. Les lilas s'étaient épanouis, les roses, trois blanches et trois rouges, montraient encore une certaine retenue et n'étaient pas près de s'effeuiller.

– Combien de temps va-t-on rester bloqués ici ? s'écria enfin Elisa, le nez dans son portable. Pas de réseau, rien !

Personne ne sut quoi répondre. L'homme longiligne, après avoir examiné les grappes de petits bureaux paysagers, établit qu'il s'agissait de résidus de bureaux dépersonnalisés. Pour une rentabilité accrue, aucun de ces petits espaces n'était attribué à qui que ce soit en particulier, de sorte que l'on occupait le premier bureau disponible, pour une heure ou pour toute la journée. C'était pourquoi ceux-ci n'affichaient sur leurs parois ni photo ni le moindre document. Soudain il se pencha vers la vitre et regarda en contrebas.

– Tenez, la Prius vert pomme là-bas, je crois que c'est mon Uber qui m'attend.

Sa remarque ne rencontra que le silence, comme si aucune réponse n'était possible. Rien ne les reliait plus au monde extérieur, sinon cette grandiose vue de la ville dont les quatre employés profitèrent sans mot dire pendant de longues minutes. Les trottoirs étaient animés de leur habituelle agitation, mais une agitation silencieuse. Observée à travers ce triple vitrage, privée du brouhaha qui aurait attesté de son effervescence, elle paraissait factice, comme ce qu'ils étaient en train de vivre.

– C'est peut-être ma faute, murmura Koplovski à part lui en retenant un sourire. Je priais pour que cet ascenseur n'arrive jamais à destination.

– Moi aussi, avoua Elisa. Tout plutôt que cet entretien au trente-septième…

– Et mon avion… C'est foutu maintenant…

– Vous deviez partir ? demanda Elisa.

L'homme longiforme sursauta. Il ne pensait pas que cette femme avait entendu ce qu'il venait de marmonner entre ses dents.

– Avion ou pas, sourit amèrement Salim, personne ne sait qu'on est là. Si vous voulez mon avis, il peut se passer des jours et des jours avant qu'on nous trouve. Je crois que nous allons tous crever ici.

Après un instant de réflexion l'analyste haussa les épaules et s'en retourna chercher sa connexion réseau, ou faire semblant. Au fond, il se réjouissait de son sort.

– Vous exagérez, dit enfin Elisa.

– Mais si ça dure, qu'est-ce qu'on va manger ? rétorqua Salim, dont l'estomac sous le poids des émotions s'était considérablement creusé. Il n'y a rien à grignoter en attendant les secours…

Malgré sa naïveté, ce commentaire pointait un vrai problème. Égaré n'importe où dans le monde, même en plein désert, un être vivant peut trouver de quoi se nourrir et s'abreuver : baies, fruits, feuilles, si besoin lézards, scarabées, fourmis, ou vers de terre. Même dans cette ville, au pied de cet immeuble où ils étaient enfermés, quand les rues de ce quartier d'affaires se seraient vidées et que ces magasins auraient fermé, la vie ne cesserait de se manifester pour autant ; les égouts avaient leurs rats, dans le renfoncement des murs se terraient des scolopendres, des araignées, sur les rebords de fenêtres roucoulaient des pigeons. Mais dans cette tour hermétiquement calfeutrée, grâce aux insecticides et aux produits chimiques consciencieusement appliqués sur toutes les surfaces possibles par les entreprises de nettoyage, il n'y avait absolument rien de vivant, sauf l'être humain. Et encore : d'ici deux heures, tous ses occupants légitimes auraient disparu.

La climatisation s'arrêta, comme elle le faisait régulièrement. Le silence alors fut tel qu'ils s'entendaient respirer. Ce fut peut-être ce qui les força à reprendre la parole.

– Parmi les rares joies que m'a procurées mon métier, c'est paradoxalement ce calme qui me manquera le plus, lâcha Koplovski, qui regretta aussitôt cet aveu.

Mais ses compagnons ne réagirent pas, ou peut-être pensèrent-ils qu'il avait abandonné tout espoir de réintégrer la civilisation. Il était dix-huit heures, les employés du groupe s'échappaient par grappes du building, happés par l'autre versant de leur existence. Au Old Ship, le pub irlandais du coin de la rue, l'équipe d'ingénierie du groupe Maxa attendrait vainement l'arrivée de son hôte d'honneur.

– Et ma fille… se lamenta Elisa. Qu'est-ce qu'elle va devenir sans moi ?

Le soleil avait déjà disparu lorsque l'édifice avala une vague humaine à contre-courant de celle qui venait de le quitter : les femmes de ménage, silencieuses, polies, blasées. Elles aussi partirent, au bout de deux heures. Puis vingt heures sonnèrent dans une église du quartier et ils réalisèrent qu'ils étaient les seuls dans toute la tour.

Sauf en bas, peut-être, un gardien de sécurité somnolant. Les seuls êtres humains, et peut-être aussi les seuls êtres vivants, dans ce mastodonte de ciment, de métal et de plastique qui s'élevait dans la nuit tombante.

Salim Fazell, à l'idée qu'à cette heure-ci il aurait logiquement dû être mort, réfléchissait à haute voix sur son sort :

– Cette tour de soixante étages, sans un seul signe d'une quelconque vie à l'intérieur… L'adéquation parfaite entre l'homme et sa mission…

Elisa était surprise par son propre calme. Pas de battements de cœur intempestifs, pas de sueur glacée. Elle éprouva le besoin de décrire sa situation, de l'écrire, mais elle n'avait sur elle ni stylo ni papier. Avisant un bureau elle en ouvrait le tiroir supérieur, machinalement, lorsqu'une ombre s'étendit lentement sur le sable. Au même moment, Koplovski poussa un cri et bondit jusqu'à une fenêtre :

– Il y a quelqu'un ! Nous sommes sauvés !

*

Deux hommes en bleu de travail se tenaient de l'autre côté de la vitre. Ils étaient accrochés par des mousquetons à une nacelle métallique qui montait ou descendait selon leurs indications au talkie-walkie. Josh Koplovski reconnut immédiatement ces hommes à la peau mate et au regard un peu éteint : ils s'occupaient du nettoyage de la façade de l'immeuble depuis des années. Il les avait souvent vus en bas dans l'avenue, déjà harnachés. Tandis que la nacelle grimpait lentement, le plus jeune, dont les cheveux débordaient de son casque de chantier, sortit une flasque en métal de sa poche et but à petites gorgées.

Salim, le nez pressé contre la vitre, posa la main sur le verre. La nacelle était à sa hauteur, l'homme avait rangé sa flasque et astiquait lentement la paroi avec une sorte de balai-éponge. Il ne manifesta aucune réaction lorsque l'analyste agita la main devant ses yeux ; il semblait captivé par sa tâche. Salim eut beau taper de l'ongle sur la vitre, puis du poing, l'autre ne réagit pas davantage. On dut se résoudre à admettre qu'ils ne pouvaient pas les voir à travers la paroi de verre, et Koplovski déconseilla à Salim de taper aussi fort, pour ne pas les effrayer.

– Qu'est-ce que vous y connaissez ? rétorqua l'autre avec une légère agressivité.

Néanmoins il relâcha un peu ses coups.

– Il a raison : à une telle altitude… approuva Elisa.

Salim retourna de l'autre côté de l'étage. Elisa allait se remettre à fouiller les tiroirs du bureau paysager pour y trouver une feuille de papier et un stylo quand elle sentit une présence dans son dos : c'était l'homme longiligne, qui arpentait avec application l'étendue de sable en laissant traîner ses pieds, comme un peu plus tôt il avait essayé de laisser une trace sur son jardin zen. Elle ne l'avait pas entendu aller et venir derrière elle, on aurait cru un félin. Depuis combien de temps ratissait-il ?

D'un coup, il parut s'apercevoir de la présence d'Elisa. Il s'immobilisa, la regarda fixement pendant un moment, se saisit de la petite boîte en acajou dans la poche extérieure de sa veste, mais après un instant d'hésitation la remit à sa place. Puis il tourna la tête vers les laveurs de vitres concentrés sur leur travail, dont on ne voyait plus que les casques de chantier maintenant qu'ils étaient en train de redescendre.

– Ces types sont des héros. Le long des parois, le vent peut atteindre cent kilomètres à l'heure, en rafales en plus. Il doit falloir bien s'accrocher…

Malgré le triple vitrage, on sentait effectivement les bourrasques de vent qui secouaient l'immeuble. Elisa ajouta que c'était un métier pour hommes, comme on dit. Sans compter le vertige.

Elle était plutôt féministe, mais songeait que jamais une femme n'aurait pu faire un pareil boulot – d'ailleurs elle n'en avait jamais vue. Elle-même était incapable de grimper sur un escabeau. Le simple fait de se trouver aux derniers étages d'un gratte-ciel suffisait à lui donner la nausée. Elle eut l'impression d'un déséquilibre, le sol sous ses pieds se balançait. Peut-être était-ce, finalement, un tremblement de terre. Elle voulut poser la question à l'homme longiligne mais s'aperçut qu'elle aurait parlé à un parfait étranger. Elle fouilla dans son sac à main, lui tendit une carte de visite :

– Elisa.

L'homme, qui lui dit s'appeler Matt, ne ressentait rien, mais il approuva poliment et jeta un coup d'œil rapide sur la carte, qu'il rangea dans une petite pochette en cuir. À l'extérieur, le laveur de vitres aux cheveux longs était réapparu, portant sa flasque à sa bouche. Qui sait, se dit brusquement Elisa, si ces deux-là ne souffrent pas eux aussi de vertige, d'un vertige maladif ? Elle imagina le pauvre jeune homme, grimpant chaque matin le long de son mur de verre la peur au ventre, évitant de regarder en bas, ses mains tremblantes s'agrippant à son harnais ; se réveillant au milieu de la nuit, pensant à la prochaine tour à astiquer le lendemain, cœur battant, en sueur.

La nuit, elle aussi se réveillait, en sueur, le cœur battant. Elle se demanda lequel des deux, d'elle et du laveur de vitres, était le plus sujet à l'anxiété. Elle se demanda de quel côté de cet immeuble, de quel côté de cette vitre, de quel côté de la vie s'ouvraient les abîmes les plus profonds, et cette réflexion l'effraya. Voilà une idée intéressante à creuser avec le docteur Meyer, ce parallèle entre le vide intérieur et le vide extérieur. Elle fouilla de nouveau dans son sac à la recherche d'une autre carte de visite au dos de laquelle elle aurait pu écrire cette pensée, n'en trouva pas.

– Vous avez un papier, un bout de carton ?

L'homme hésita, puis sortit de la poche intérieure de sa veste sa propre carte de visite qu'il lui remit après l'avoir barrée d'une croix. Au lieu de tout de suite lire son nom et son titre, les yeux d'Elisa s'attardèrent sur ses longues mains, sur la manière, lente et respectueuse, dont il lui avait tendu le petit rectangle cartonné. Enfin, Elisa se pencha sur la carte et lut le titre sibyllin qui décrivait cet homme, en tout cas son métier.

– Je ne comprends pas : vous êtes dans le conseil ou dans la stratégie ?

Il répondit que c'était toujours à peu près la même chose. Elle se mit à gribouiller au dos de la carte de visite.

– Vous disiez que votre fille vous attend ? interrogea-t-il en se tournant vers la face nord-ouest du building.

– Oui et non. Ce soir je suis à l'hôtel. J'habite loin, je ne rentrerai chez moi que vendredi soir. Mais si je n'appelle pas elle va s'inquiéter et… Je vous raconte tout cela, je ne sais pas pourquoi ; c'est peut-être à cause de cette réunion…

– Quel genre de réunion ? questionna-t-il, les yeux fixés sur l'océan.

– Un entretien d'évaluation. Mais à mon avis c'était plutôt pour me virer.

À l'horizon, une couche de brume aux contours lisses avalait rapidement le ciel à mesure que le soleil descendait. Ce spectacle grandiose qui, réalisa Matt avec nostalgie sans pour autant l'exprimer, les absorbait tous deux à cet instant se répétait chaque jour sans qu'on y prêtât la moindre attention. C'était par hasard qu'ils y assistaient ce soir-là. Or le hasard était aussi valide que n'importe quel autre motif. Il se demandait bien sûr si cette femme serait licenciée ou non, et pourquoi, même si la raison n'avait au fond aucune importance : la plupart du temps, les femmes étaient embauchées ou licenciées pour des raisons sexistes. Elles travaillaient plus et mieux que les hommes, étaient moins bien payées, et se retrouvaient toujours les premières dehors. Cette femme, par exemple, il suffisait d'observer son visage anxieux pour savoir qu'elle était trop laborieuse, trop tatillonne. Pas assez exaltée par la progression du chiffre d'affaires. Certaines personnes ne comprendraient jamais que dans les hautes sphères la plus petite unité était le milliard, que mentionner une valeur plus basse en présence d'un vice-président équivalait à le gifler jusqu'au sang. De telle sorte que les quatre cent vingt-cinq du monde entier étaient remplis d'incapables, de partisans du moindre effort qui avaient appris à manier l'art de parler de marge brute comme s'il s'agissait du Seigneur, compris qu'il fallait chuchoter la marge prévisionnelle, l'implorer, s'en réclamer l'exégète, s'indigner comme l'inquisiteur devant l'accusé de sorcellerie à propos d'une virgule ou d'une décimale de pourcentage. Ne pas se prêter à ce simulacre vous conduisait inexorablement au bûcher salarial. Mais il ne pouvait expliquer cela à cette femme.

– Je suis sûr, conclut-il, que ça va bien se passer. Cette société a besoin de sang neuf…

Elisa se sentit suffoquer : elle n'était pas précisément jeune. Elle se retint de l'interroger plus avant – savoir si lui-même travaillait pour le groupe Maxa ou pour la maison mère –, ayant senti que ses questions gênaient cet homme discret. Par moments il n'avait pas l'air commode, ce monsieur, à la limite de l'antipathique. Elle relut le nom sur la carte de visite.

– On vous appelle « Michael » ou « Michael Aaron » ?

– Appelez-moi… « Michael ». « Michael », c'est très bien. Ou « MAT » – mes initiales. Je n'aime pas, mais j'y suis habitué.

Il parut aussitôt s'en vouloir d'en avoir trop dit, et Elisa se demanda à combien de personnes il avait fait cette confidence avant elle. Elle lui avoua en retour que la perspective de perdre son emploi était catastrophique, parce qu'elle travaillait à distance. La moindre zone de bureaux se trouvait à plus d'une heure de voiture. Et elle ne pouvait pas déménager. Elle avait acheté une maison en bordure de l'océan et sa fille adorait la plage, la propriété avait dû beaucoup se dévaluer à cause de la crise mais c'était leur petit paradis, la justification de tous ses sacrifices. La côte était si proche qu'elles pouvaient marcher pieds nus depuis la maison jusqu'à la plage. Elisa constata qu'à la seule mention de devoir un jour quitter sa maison elle était à nouveau tendue, le cœur battant, le dos couvert de sueur. Elle s'interrompit, se mit à remplir le petit bout de carton de phrases désassorties qu'elle lirait plus tard au docteur Meyer. Elle n'était pas vraiment certaine que cet homme l'écoutât.

– Et vous, on vous attend ? reprit-elle.

MAT sursauta, comme si on venait de le réveiller.

– Oui. Enfin non : mon épouse est à l'étranger. Tenez, je crois que c'est mon avion qui décolle, là-bas, l'heure et la direction coïncident.

Où il devait se rendre, il ne le dit pas. Était-ce chez lui, où son épouse l'attendait, ou bien au siège de la holding qui contrôlait une douzaine de groupes dont celui pour lequel ils travaillaient ? Le soleil avait disparu depuis une vingtaine de minutes dans la nappe de brouillard, mais Elisa aperçut dans le ciel bleu marine un point clignotant qui dessinait une parfaite ligne droite et se perdit bientôt vers l'est. Elle dit que regarder son avion partir sans soi devait être un sentiment terrible, MAT approuva d'un petit rire sec.

Le soir sembla s'abattre d'un seul coup. De part et d'autre de la ville des fenêtres brillaient, des lampadaires s'éclairaient, les premières voitures allumaient leurs veilleuses, un pont s'illuminait. Salim, qui était musulman, partit discrètement prier dans un coin isolé de l'étage. Lorsqu'il réapparut, il faisait nuit. Il rejoignit les autres déjà rassemblés en cercle sur la moquette, MAT en tailleur, Elisa les genoux serrés, Koplovski assis sur les fesses, déchaussé, mains jointes sur les genoux retenant des poignets les jambes à demi pliées.

– En fait, on n'est pas si mal ici, risqua Elisa.

Elle s'attendait à des protestations véhémentes, mais personne ne répondit. Pour la première fois, un sourire éclaira même le visage de Salim Fazell, qui avait momentanément oublié ses sombres intentions.

– Je reviendrai, plaisanta l'analyste.

Tous retinrent un rire. On avait l'impression de comploter, d'arracher un moment de bonheur à cette situation tragique. MAT dit qu'il était désolé d'avoir raté son avion mais que – en compensation ? – sa migraine avait disparu.

– C'est inattendu, ajouta-t-il. Ce sable, cette arène vide au milieu de la ville…

– Une sorte d'étage nécessaire. D'étage analogue, suggéra Koplovski, qui avait quelques lettres et faisait peut-être allusion au *Mont Analogue*, récit inachevé de René Daumal.

On s'amusa de ce terme, l'« étage analogue ». On le répéta en lâchant de petits éclats de rire nerveux. On s'était rassemblé contre les fenêtres, attiré par l'effervescence silencieuse de la ville en contrebas, lorsqu'un bruit familier retentit.

– L'ascenseur ! cria aussitôt Salim, qui avait reconnu le timbre aigu signalant l'ouverture de ses portes.

Ils se précipitèrent, mais n'eurent que le temps de les entendre se refermer et de le voir repartir vers un étage légitime. Il fut néanmoins décidé que quelqu'un resterait constamment devant au cas où cela se reproduirait, et l'on procéda à des tours de garde.

Au bout de trois nouvelles heures d'attente, Salim se leva, alla presser le bouton d'appel d'un geste qui faisait déjà partie de la routine et, miracle !, le témoin s'alluma, et l'ascenseur se présenta quelques secondes plus tard. Tout paraissait fonctionner normalement. Les trois hommes se dépêchèrent d'envahir le petit véhicule avant qu'il change d'avis, Elisa après quelques secondes d'hésitation les rejoignit. Salim s'empressa d'appuyer sur le bouton du rez-de-chaussée après que le petit groupe eut poussé en chœur l'exclamation : « En pleine lucarne ! »

– Regardez ! s'écria Elisa en barrant les portes de sa main.

Elle pointait l'index vers les fleurs dans leur seau, posé à même le sable. Leurs couleurs vives juraient avec les teintes insipides des murs, leur rondeur avec les formes rectangulaires de l'étage. Les lilas en particulier semblaient lancer un appel silencieux à la bonne humeur.

Dehors il faisait froid, la brume était déjà tombée, le vent soufflait en rafales. Après de rapides salutations – après tout, il était deux heures et demie du matin – chacun rentra chez soi, non sans se retourner brièvement vers cet édifice qui les avait tenus enfermés dans ses entrailles au beau milieu de l'agglomération pendant près de treize heures. Elisa sauta dans un taxi et regagna son hôtel.

6

Personne, au cours de sa brillante carrière, n'avait jamais appelé Michael Aaron Thomas par son prénom. Par ce vice propre au monde corporate, on l'avait un jour surnommé « MAT », et l'acronyme lui était resté, comme une mauvaise cicatrice. C'était court, commode et expéditif, conforme à son physique longiforme et sec de Lucky Luke, et à l'image de ce champion incontesté de l'Excel et du PowerPoint qui avait surtout accompagné les sociétés dans leur naufrage. MAT avait bâti davantage de modèles financiers que n'importe quel autre consultant sur toute la côte, jusqu'à se hisser au rang de manager, puis de directeur, puis d'expert en missions critiques auprès du président de l'une des plus puissantes multinationales de la planète. Son efficacité, sa concision étaient peut-être ce pour quoi personne ne l'appelait par son prénom.

À cette heure la ville était complètement désertée par les piétons. Il faisait franchement froid et humide et MAT ne portait que son costume, ayant laissé son parka au bureau, mais il préféra marcher plutôt que prendre un taxi. Parvenu dans le quartier chinois, il fit un détour par les petites rues au lieu d'emprunter le boulevard principal, elles étaient de plus en plus pentues et de moins en moins bien éclairées, il guettait le murmure de perroquets qui y avait élu domicile : depuis une douzaine d'années, une trentaine de conures à tête rouge voletaient quelque part parmi les feuillages de cette colline. Un jour viendrait, une nuit viendrait où Sophia arpenterait ces rues, ces escaliers à ses côtés. Une fois la réorganisation du groupe achevée, il disposerait de temps. Il prendrait un mois de vacances, ils descendraient le long de la côte dans une décapotable, peut-être même jusqu'à la frontière. Cela représentait plus de douze heures de voiture, tout de même, on s'arrêterait en route dans de grands hôtels. Sophia appréciait sûrement les grands hôtels.

Il était près de quatre heures du matin lorsqu'il parvint à son appartement. Après avoir ouvert la porte à l'aide du digicode il traversa le vestibule et le salon mal entretenus de vieux célibataire sans y jeter un coup d'œil, ouvrit son attaché-case, en sortit son ordinateur et son portable qu'il déposa sur la table de la cuisine avec un soupir de soulagement, comme un ou deux siècles plus tôt il aurait déposé son revolver et son holster de retour dans l'antre de son ranch ou de sa cabane de trappeur. Lorsqu'il était chez lui il éprouvait le besoin de laisser ces gadgets allumés, de les consulter toutes les dix minutes, de guetter le petit carillon indicateur de l'arrivée d'un nouveau message. Privé de cette sollicitation permanente, Michael Aaron Thomas se sentait affaibli, vulnérable, inutile ; il avait même fini par contracter une véritable culpabilité dès qu'il n'était pas connecté. Le consultant en stratégie fit quelque pas dans la chambre à coucher qui donnait sur la baie, réfléchit à cette étrange nuit, essaya de lui donner un sens, mais un nouveau clignotement le tira de ses rêveries : plusieurs messages l'attendaient sur son répondeur – il avait oublié qu'il possédait encore une ligne de téléphone fixe. Il allait écouter ses messages lorsque le téléphone sonna.

C'était Sophia, tout au moins une femme qui s'appelait Sophia, ou prétendait s'appeler Sophia. S'il avait eu immédiatement ce doute, c'était parce qu'il ne reconnaissait pas sa voix. Mais il se rassura, cela venait probablement de ce qu'il ne l'avait pas entendue parler très souvent. De plus la communication n'était pas de bonne qualité : il discernait sur la ligne un faible écho, ce qui n'arrive paraît-il qu'aux transmissions par satellite.

– *It's me. When you coming, Match ?*

Il entendait aussi des cris d'enfants. Il lui demanda de qui il s'agissait mais elle ne répondit pas directement, elle dit qu'elle se trouvait dans un appartement au-dessus de la rue principale et que les fenêtres étaient ouvertes. D'après ce qu'il comprit, le téléphone avait été coupé dans tout le quartier, dans toute cette ville pendant les trois dernières semaines, elle n'avait donc pas pu l'appeler. Maintenant que c'était enfin réparé Sophia voulait qu'il vienne lui rendre visite, le plus tôt possible, et qu'il lui apporte des bottes blanches. De belles bottes blanches. Elle avait cherché des bottes blanches dans toute la région pendant des mois. Dans son pays, dans cette mégapole, il lui en trouverait.

– *When you coming, Match ?*

– *Tomorrow !*

Il avait trouvé chevaleresque de la prendre au mot. Elle rit, et il rit, sans que ni l'un ni l'autre ne sache s'il essaierait effectivement de partir le lendemain. Cahin-caha, la conversation avançait, Sophia lui demandait encore autre chose, elle insistait, mais il ne comprenait pas, c'était assez pénible. MAT laissa entendre que son métier l'occupait beaucoup, ce qui était relativement faux dans le sens où hormis cette semaine difficile il parvenait en général à déléguer les tâches qui prenaient du temps. Comme un silence menaçait de s'installer il ajouta que le temps chez lui était magnifique, ce qui était encore plus inexact, et qu'il pensait sans cesse à elle, ce qui n'était pas un mensonge mais ne reflétait pas pour autant la réalité.

Et puis il parvint enfin à comprendre ce que Sophia s'échinait à lui dire. Elle lui demandait, en plus d'apporter des bottes blanches, de porter lorsqu'il débarquerait à l'aéroport de Riga le même joli costume noir que le jour de leur rencontre – qui avait coïncidé avec celui de leur mariage – six mois plus tôt. Ainsi qu'un chapeau texan blanc parce que, expliqua-t-elle, elle aimait beaucoup l'imaginer habillé ainsi, cela l'excitait. Mais MAT soupçonna aussitôt qu'elle avait oublié à quoi il ressemblait, perdu sa photo, et cherchait un moyen distinctif de le reconnaître parmi les autres voyageurs.

Une fois les affaires d'intendance réglées elle répéta sur un ton qui lui parut plus réticent que réjoui : « *Coming tomorrow, Match ?* » Et il répéta : « *Yes ! Tomorrow ! Tomorrow !* », plusieurs fois. Il avait envie de raccrocher à présent, parce qu'il ne voulait pas lui dire qu'il ne s'appelait pas Match, mais elle ne raccrochait toujours pas, et lui ne raccrochait toujours pas. Derrière les braillements on entendait des sirènes de remorqueurs, des cris de mouettes, et MAT se demanda s'il pouvait y avoir la mer dans la ville où elle se trouvait, sinon il devait bien y avoir un fleuve quelconque.

– *No forget the boots. White boots, OK ?*

Il était quatre heures et demie du matin, ils restèrent sans rien dire pendant plusieurs secondes. Michael Aaron Thomas songea que les longs silences au téléphone survenaient surtout lorsqu'on se séparait. Mais une telle réflexion lui parut idiote puisque cette conversation permettait au contraire leurs retrouvailles. Il consulta sur son portable les horaires des vols sur différents sites en ligne, promit de prendre le premier. Il arriverait deux jours plus tard à l'aéroport de Riga, par le même avion qu'il avait pris six mois auparavant. Et puis on raccrocha.

*

Lorsqu'il releva les yeux vers la baie celle-ci était complètement masquée par les brumes. Il était quatre heures quarante-trois. Il réfléchit pendant un moment au lot de destins que Pellegrini et lui tenaient entre leurs mains depuis la veille : près de sept mille si l'on comptait toutes les succursales, dont la moitié que l'on allait licencier. Il avait déjà vécu – de chaque côté du licenciement – ce rituel à la fois cruel et grotesque, quelque part entre l'autocritique stalinienne et le documentaire animalier, où se confrontaient les raisons parfaitement vénales de l'employeur et l'instinct de survie du salarié. Chaque fois, MAT avait été fasciné par la détermination, voire le zèle de ceux qui demeuraient dans le groupe à rejeter le corps malade. Jamais la communauté qui unissait les salariés ne paraissait aussi solide que dans ces instants-là. L'entreprise semblait alors posséder plus qu'une personnalité : presque une âme, même si cette âme était foncièrement maléfique.

Allumer son ordinateur lui fit l'effet d'un sacrilège. La machine, restée en veille depuis sa dernière utilisation, chargea l'écran en quelques secondes d'une multitude de fenêtres, découvrant un graphe sous Visio, un document Word, enfin une feuille Excel remplie de diagrammes et de formules complexes ayant trait au plan d'assainissement du groupe Maxa. Et, bien sûr, la longue liste des licenciés. Michael doutait parfois d'aimer vraiment les chiffres. Tous ces zéros, toutes ces virgules… La migraine le lançait à chaque battement de cœur ; la liste des licenciés défilait devant ses yeux, et à chaque pulsation un nom cognait contre ses tempes. Il se demanda ce qu'il éprouverait après la vague de licenciements. Il se rappela le sourire sadique de Pellegrini l'avant-veille au soir pendant que ce dernier lui détaillait leur mode opératoire dans un bar du quartier financier. Michael Aaron Thomas se demanda si le sentiment qu'il éprouvait à licencier mille sept cent vingt-trois employés équivalait à ce que ressentait un tueur à gages ; si d'autres ressentaient la même culpabilité. Il se demanda ce que l'on ressentait lorsqu'on tuait quelqu'un. Il se leva, alla fouiller dans les tiroirs de la salle de bains, retourna dans le salon avec une petite aiguille coincée entre le pouce et l'index. Il lut le premier des noms à voix haute, se piqua le bout du pouce avec l'aiguille jusqu'à faire perler une goutte de sang.

Il lut ainsi les noms l'un après l'autre à voix haute en se piquant le doigt chaque fois, regardant le sang couler. Lorsqu'il parvint au deux cent septième, il s'interrompit, se leva, marcha jusqu'à sa veste accrochée au dos d'une chaise, en sortit la carte de visite que la dame aux jolis yeux verts lui avait tendue dans la tour. La carte indiquait bien le même nom que sur sa liste, Elisa Vallonne, suivi d'un sobre « analyste automatisation », d'un numéro de téléphone et d'une adresse mail de Maxa. Au dos, une main nerveuse avait écrit au stylo-bille des mots illisibles, qu'il résolut de déchiffrer comme s'ils étaient revêtus d'une signification essentielle, comme s'ils allaient le délivrer d'un fardeau. Il finit par décider quel était chacun de ces mots et lut à voix haute, sur un ton sentencieux : « comme autant de bibles ouvertes à la même page. » Cette apposition monopolisa son attention pendant plusieurs minutes, il s'employa à se représenter tout un tas de bibles usées à la couverture cartonnée écornée, ouvertes à la même page, et se demanda quelle page ce serait.

*

Ayant compris qu'il n'arriverait pas à s'endormir, le conseiller extraordinaire auprès du directoire s'habilla, descendit jusqu'à la petite plage qui donnait sur la baie, remonta par un sentier et parvint dans le parc public. Depuis quelque temps la nature avait tendance à l'épuiser. Il se forçait encore à effectuer des randonnées à travers le bois, mais marcher parmi tous ces eucalyptus et ces séquoias le déprimait. Il s'arrêtait, s'attardait devant l'un de ces gigantesques êtres silencieux, et comparait leur existence docile, séculaire et sédentaire à la sienne, si évanescente, si contradictoire et si vaine. Les arbres au fond vivaient tous plus ou moins de la même manière, dépensant toute leur énergie à s'élever jusqu'au soleil sans jamais y parvenir, jusqu'au jour où ils renonçaient, oubliaient leur rêve d'enfance et s'avachissaient petit à petit, leurs branches tordues par le renoncement et le regret, mais sans rage ni animosité. MAT fut traversé d'un frisson de plaisir lorsque, au détour d'un eucalyptus, surgit la structure imposante et rayonnante du pont. Vu de trois quarts, et d'un peu en hauteur, l'édifice paraissait bandé comme un arc prêt à se rompre. La structure, depuis les piles jusqu'aux câbles sous tenseurs, était peinte de cet élégant rouge brique que l'on retrouvait sur toutes les photographies publicitaires de la ville. MAT admira pendant quelques minutes le trafic intense qui emplissait déjà les six voies puis descendit jusque sur la passerelle pour piétons située sur le bord sud, secoué par les vents tourbillonnants et par les passages en trombe des véhicules derrière la rambarde de sécurité. Une fois atteint le milieu de la passerelle il risqua un coup d'œil de l'autre côté du garde-fou. À cette heure, les eaux noires de la baie coulaient en direction de l'océan ; dans l'après-midi le courant changerait de direction. Les mouettes fournissaient une excellente notion de la perspective : elles planaient devant lui puis plongeaient vers la baie, se transformant en quelques secondes en de minuscules points blancs. MAT fut pris de vertige. Il retourna se réfugier dans la ville, frigorifié.

*

Il attendait patiemment neuf heures au Caffe Trieste, commandant et recommandant plusieurs cappuccinos, lisant un journal déjà usé, dégustant son breuvage à petites gorgées. Depuis trois semaines, il venait là tous les matins. Il se réveillait systématiquement à trois heures et ne se rendormait jamais, finissait toujours par peaufiner ses listes de licenciés sur son ordinateur. Il allait terminer comme ces contemplatifs qui font plus ou moins partie du décor, et dont la vie, à force de détours, d'hésitations à contresens et de réflexions à vide, se fige sans qu'ils s'en aperçoivent. Heureusement qu'il partait en voyage.

Il se demanda pourquoi Sophia voulait absolument que le chapeau soit un chapeau texan. Peut-être à cause de *Dallas*, cette série télévisée des années quatre-vingt. Les séries télé américaines passaient toujours avec plusieurs décennies de retard en Europe de l'Est. Sophia devait se représenter un JR Ewing du vingt et unième siècle, un CEO en costume Kenzo et Stetson immaculé qui brassait des milliards au dernier étage d'un gratte-ciel resplendissant. Un type cool et formidable, qui jouait de la guitare électrique et raffolait des pipes dans les décapotables.

À huit heures, MAT commanda un dernier cappuccino, attrapa nerveusement son portable dans l'idée d'appeler quelqu'un de son équipe – n'importe qui, il avait besoin de chaleur humaine. Mais il était encore trop tôt. Machinalement, il tâta dans sa poche la petite boîte en acajou rouge, mais il n'eut même pas besoin de l'ouvrir pour savoir qu'elle avait à jamais cessé de l'intéresser. Il ressortit la carte d'Elisa, la scruta pendant un long moment, puis décida de passer un coup de téléphone à sa sœur, qui était matinale et qu'il ne craignait pas de réveiller à cette heure. Il lui annonça son départ pour l'Europe.

– J'espère pour toi qu'elle a un beau cul ! Pour faire tous ces kilomètres…

Oui, le cul de Sophia était d'une beauté plastique, ferme et lisse comme les culs que l'on pouvait voir sur plusieurs panneaux publicitaires en bas sur le boulevard. Sophia, c'étaient les publicités, les magazines, les films. À sa manière et avec une égale cruauté elle cultivait l'art d'attiser son désir sans jamais l'assouvir, *comme autant de bibles ouvertes à la même page.*

Avant de raccrocher sa sœur répéta :

– Mais qu'est-ce que tu vas foutre là-bas, mon pauvre ?

7

Cette nuit-là Elisa elle aussi fut incapable de s'endormir. Elle tourna et retourna dans son lit, exaltée par sa liberté retrouvée. Elle se sentait euphorique, victorieuse. Au bout de plusieurs heures de réflexion elle comprit pourquoi : lorsqu'elle avait repris l'ascenseur avec les autres à l'étage analogue, elle n'avait éprouvé aucune appréhension dans la cabine. Son cœur n'avait pas battu la chamade, les suées coupables n'avaient pas inondé son corps. Elle passa en revue toutes les personnes qu'elle pourrait appeler à trois heures du matin – non pas pour leur annoncer la grande nouvelle, puisque personne à part elle-même n'était au courant de sa phobie, mais pour relater l'extraordinaire incident de l'étage analogue – et elle répéta cinq ou six fois ces mots, « étage analogue », dont elle adorait la consonance. Elle songea même à appeler le bonhomme des ressources humaines pour lui expliquer la raison de son retard, mais elle avait jeté, en tout cas égaré, sa carte de visite. Vers les quatre heures elle entendit des éclats de rire, de grands éclats de rire stridents.

À six heures les rires n'avaient pas cessé, elle s'autorisa enfin à se lever, se rinça abondamment la bouche, le visage, se frotta les dents avec l'index en inspectant son visage dans le miroir. Depuis ses cheveux ébouriffés, son regard descendit jusqu'à ses yeux rougis et ses paupières gonflées de cernes. Son chemisier était orné au-dessus du cœur d'une tache marron qui devait dater du petit-déjeuner et qu'elle tenta en vain de laver. Elle appela la réception au sujet des rires, l'hôtesse de service déclara sur un ton didactique que l'établissement n'était qu'à trois pâtés de maisons de la marina. Ce qu'on entendait, précisa la dame, c'étaient les cris des mouettes, que beaucoup de gens prenaient en effet pour des rires. Leurs cris aigus entraient en résonance sous les pontons en bois de la marina où les oiseaux aimaient attendre que les touristes leur jettent un reste de burrito ou un papier d'emballage qu'ils ingurgitaient indifféremment.

Elisa s'habilla, se maquilla, refit les gestes de la veille et regarda par la fenêtre le temps qu'il faisait. Le ciel était clair, le jour ne s'était pas encore complètement levé mais la grande tour du quatre cent vingt-cinq, dont elle pouvait voir le sommet depuis sa chambre d'hôtel, brillait déjà comme un lingot d'or, et elle se demanda si cette tour était le premier bâtiment dans toute la ville à refléter le soleil au petit matin. Elle se persuada de cette hypothèse, en déduisit que l'édifice devait être promis à un destin particulier, surtout en son sommet. Bercée par cette idée séduisante, elle marcha jusqu'à la marina, sonda les interstices qui séparaient les lattes des pontons dans la vague intention d'y confronter un de ces volatiles qui lui avaient fait passer une nuit blanche, mais n'en trouva aucun. Elle fit alors demi-tour et prit le chemin du gratte-ciel, avançant à pas mesurés vers son rendez-vous puis de plus en plus lentement, comme une sacrifiée marche vers l'autel. Une fois dans le hall, la peur lui donna une irrépressible envie d'uriner et elle demanda à la réceptionniste où se trouvaient les toilettes, partit s'y réfugier, s'assit sur la cuvette. À travers la mince cloison elle entendit deux voix d'hommes :

– Mais qui va remplacer tous ces licenciés ?

– L'équipe offshore, je crois…

Lorsqu'elle ouvrit la porte, les hommes avaient déjà quitté les lieux, et elle ne saurait jamais qui venait de prononcer ces mots, à qui ils se référaient, mais elle se sentit personnellement fragilisée par l'impunité dont ces envahisseurs avaient fait preuve en investissant les toilettes pour femmes, cet espace rigoureusement interdit aux mâles. Ainsi, même là elle n'était pas en sécurité. Enfin elle se dirigea vers l'ascenseur. Les portes coulissèrent, une femme élégante aux oreilles ornées de longues boucles argentées en forme de demi-lune y pénétra, plaqua la main sur le chambranle pour laisser le temps à Elisa de la rejoindre, avec une telle insistance silencieuse qu'elle n'osa refuser. Pour calmer les tremblements qui traversaient sa colonne vertébrale, elle chercha son téléphone, appela sa fille, puis la maison. À cette heure-ci Alice devait y être. Elisa l'imagina jurant, courant depuis sa chambre. Mais personne ne répondait.

– Vous montez ou vous descendez ?

Elisa s'aperçut alors qu'elle avait effectué déjà plusieurs voyages dans cet ascenseur sans oser en sortir. La femme aux longues boucles d'oreilles avait rejoint sa destination depuis longtemps, d'autres employés étaient entrés, sortis, pris dans des conversations dont elle avait happé des bribes. Elle qui s'en était si brillamment tirée la veille faisait à présent la navette d'étage en étage sans trouver le courage de pousser le bouton du trente-septième. Elle s'égarait dans les reflets flous que la vitre grenelée fixée au-dessus de sa tête entre le plafond et l'éclairage projetait sur les parois lisses, grises, réfléchissantes, dans l'horreur métallique de la cabine. Au moins maintenant était-elle seule. Ses bras collaient à ses aisselles, sa culotte aux hanches. Elle se déchaussa et posa ses pieds nus sur le sol anthracite, observa l'empreinte moite qui s'évaporait comme dans la salle de bains de sa chambre d'hôtel la veille. Elle avait la sensation de commettre une mystérieuse transgression, mais se sentait en même temps incroyablement libre.

– En pleine lucarne !

L'ascenseur ne bougea pas.

– En pleine lucarne !!!

Cette fois elle avait hurlé, à pleins poumons, à se rompre les cordes vocales, provocatrice, incantatoire, la tête haussée vers le plafond à l'intention d'un dieu invisible et ingrat. L'ascenseur s'ébranla comme une bête de somme sous le claquement du fouet, exécuta son embardée familière, et après une course erratique l'emmena jusqu'à l'étage analogue.

*

Elle hésita à sortir : une véritable terreur l'avait saisie à l'idée de se retrouver seule dans cette arène. Mais quelqu'un d'autre était là. Josh Koplovski était en train de disposer quelques orchidées en pot le long de l'une des vitres de la façade sud. Le petit homme aux longues moustaches portait le même costume bleu pétrole que la veille, ses joues grisâtres attestaient qu'il n'était pas rasé, et Elisa se demanda s'il avait quitté l'endroit.

– C'est très curieux : chez moi je n'ai aucune envie, aucun talent, mais ici je voudrais tout faire fleurir. Il faut dire, les roses ont l'air vraiment épanouies... Regardez !

Le bouquet, dans son seau, n'était pas fané. Il paraissait même encore plus coloré, encore plus volumineux. Le retraité avait aussi apporté un râteau ainsi qu'un sac d'engrais qu'il renversa dans un grand pot posé au coin nord-ouest de l'étage pour, expliqua-t-il, y semer des graines.

– Et vos projets, vos missions, vos collègues ? demanda Elisa, qui trouvait l'idée à la fois curieuse et innocente.

– Je ne pouvais pas... enfin, je voulais réfléchir à certaines choses et puis... Je ne savais pas où aller, j'ai pensé… Et vous, qu'est-ce que vous faites ici ? N'aviez-vous pas un entretien ?

– Je n'ai pas pu y aller ! Le trente-septième, je ne pourrai jamais ! se lamenta Elisa en jetant par terre son manteau et son sac. Et puis ils m'ont certainement rayée de la liste des employés après ce lapin – c'est ce que j'aurais fait si j'étais à leur place en tout cas.

Elle voulait bien sûr parler du manager des ressources humaines. Elle vida son sac sur la moquette, chercha frénétiquement quelque chose parmi les articles de maquillage.

– Qu'est-ce que vous faites ?

Elle venait d'avoir une inspiration. Elle expliqua à Koplovski que si elle canalisait son vertige et sa claustrophobie en quelques lignes sur une feuille volante, elle se sentirait mieux. Elle rangerait ensuite la feuille quelque part, loin, hors d'elle, comme on jette un détritus dans une poubelle.

– Je cherche un stylo, mais ce rouge à lèvres fera l'affaire…

Koplovski se souvenait d'avoir vu une rame de papier et une boîte de stylos à bille dans l'ancienne salle de réunion. Il alla aussitôt chercher le tout, secoua la rame, tapa dessus du plat de la main pour la dépoussiérer, gribouilla au stylo sur l'emballage.

– Du bleu. Je vais prendre un café en bas, je vous ramène quelque chose ?

Elisa nota qu'il ne proposait pas qu'ils s'y rendent ensemble, sans doute parce que, dans l'esprit de Koplovski et dans le sien pareillement, quelqu'un devait rester là. Mais pourquoi ? Au même moment elle sentit un nœud lui serrer l'estomac et réalisa que, depuis son déjeuner avec le représentant de la DRH la veille, elle n'avait rien mangé. Oui, elle avait besoin d'un café, d'un café serré, pour la longue journée qui s'annonçait. Le café l'aidait à contrebalancer l'effet des somnifères et des antidépresseurs que lui prescrivait le docteur Meyer.

– Vous êtes gentil. Mais ne me laissez pas seule longtemps, d'accord ?

Dès qu'il fut parti Elisa arpenta l'étage nerveusement. Elle se déchaussa à nouveau, marcha pieds nus dans le sable, satisfaite d'y laisser de larges et profondes empreintes, même si elle ne supportait pas de se retrouver seule, à n'importe quel étage, à n'importe quel endroit où l'on n'entendait personne et où l'on ne pouvait appeler au secours : une véritable panique la terrassait. Elle fut incapable d'écrire une seule ligne, et résolut d'attendre le retour de Koplovski.

Celui-ci réapparut enfin, portant un petit plateau en carton où étaient coincés trois gobelets ornés du logo Starbucks. Le troisième gobelet était pour MAT, que Josh avait croisé dans l'ascenseur. Ce dernier, entre deux réunions et souffrant à nouveau de migraine, s'était laissé convaincre de venir faire un tour à l'étage analogue. Koplovski portait sous le bras un autre sac, moins volumineux que le précédent et rempli de graines, qui, expliqua-t-il, dormait dans le coffre de sa voiture depuis plusieurs semaines.

Chacun d'eux avoua n'avoir parlé à personne de leur étrange expérience de la veille, sans pour autant préciser si cette omission était due à une décision consciente ou simplement un concours de circonstances.

*

Michael Aaron Thomas, légèrement gêné, s'était replié sur son téléphone – sur l'écran duquel rien de plus qu'à sa sortie de l'ascenseur ne pouvait pourtant s'afficher puisque à cet étage on ne captait pas. Bien qu'il fût rentré chez lui entre-temps, il portait lui aussi le même costume que la veille ; seule la chemise, beige, avait changé. De temps en temps, il jetait un regard sur un râteau grandeur nature posé contre le mur, sans doute apporté par Koplovski. Il avait envie de ratisser. Voilà deux ans qu'il avait fait l'acquisition de son petit jardin japonais. En réunion, seul dans son bureau, dans une salle d'attente, il avait pris l'habitude de sortir sa boîte, de ratisser son sable, de réarranger le positionnement des cailloux. Cette version à échelle humaine ouvrait des perspectives à donner le vertige.

– Koplovski m'a dit que vous étiez assistante sociale, avant de… d'embrasser une carrière d'analyste, commença-t-il, les yeux toujours rivés sur le râteau adossé au mur, essayant de se rappeler quand il avait pour la dernière fois manipulé un outil de jardin.

Elisa avait parlé un peu d'elle au retraité pendant la nuit précédente.

– Oui, je travaillais dans les prisons.

Le visage du financier s'éclaira un instant.

– C'est courageux. Pourquoi avez-vous arrêté ?

Elisa expliqua que, en l'espace d'une petite décennie, le pourcentage d'incarcérés dans le pays avait quintuplé. Pendant ce temps, le nombre d'assistantes sociales ou d'avocats n'avait pas suivi la même allure, la profession était tout simplement dépassée, les prisonniers se droguaient, se suicidaient à petit feu, gâchaient un peu plus leur vie chaque jour sans que l'on pût faire quoi que ce soit.

– À trois cents kilomètres à la ronde, dix prisons ont été construites en vingt ans pour un campus universitaire… Vous trouvez ça normal ? J'ai renoncé. Donc vous voyez, ce n'est pas vraiment téméraire.

Elisa consultait régulièrement sa montre. Elle se demandait jusqu'à quelle heure elle aurait le courage de rester, à quelle heure elle aurait le courage de partir, d'affronter l'entretien, la sentence, le petit robot blond.

– Je devrais y aller, dit-elle. Je suis terriblement en retard.

MAT posa sur Elisa un regard de sociologue et s'interrogea : combien de temps cette femme aurait-elle pu durer dans cette société – dans n'importe quelle société, d'ailleurs ? Elle portait sur son visage le signe de son exécution annoncée. Certains employés ne montraient pas assez de respect pour la rentabilité, ne lui rendaient pas l'hommage qui lui était dû ; pour cette hérésie l'entreprise avait sur eux tous les droits, y compris celui de les dégrader ou de les licencier. Tâche que Michael Aaron Thomas accomplissait depuis des années sans le moindre état d'âme, sans se soucier de différencier les coupables des innocents.

Ils furent interrompus par le bruit désormais familier des portes d'ascenseur, dont sortit Salim Fazell, la mine encore plus sombre que la veille.

– Tiens ! Vous êtes là vous aussi ?

– Ça n'a pas l'air d'aller, dit Elisa.

Fazell haussa les épaules et s'adossa lourdement contre un mur. Il soupira, regarda plusieurs fois d'un air anxieux en direction du plafond. Après avoir quitté le bâtiment dans la nuit, il était rentré chez lui et avait préparé son testament sur Facebook mais ne s'était pas encore résolu à le publier.

– Et ma mère qui devait me rendre visite la semaine prochaine… Elle est si seule depuis la mort de mon père. Je suis foutu. Foutu…

– Ce cri dans l'ascenseur, comment vous est-il venu ? interrogea Elisa pour changer de sujet.

Salim ne savait pas très bien. Il expliqua toutefois que son père était un fan de football, qu'il était mort l'année précédente à deux mois de sa retraite en regardant un match qualificatif de la Coupe du Monde. Pendant les obsèques, Salim n'avait éprouvé aucun sentiment particulier jusqu'à la mise en terre. Il avait regardé le trou béant, les fossoyeurs une fois le sermon terminé avaient fait glisser le cercueil dans la tombe, très maladroitement, la lourde boîte était tombée en biais, il avait fallu la remettre à l'horizontale à grands coups de pied. Il avait alors eu l'impression que le sol s'ouvrait sous lui. Il avait éprouvé dans l'ascenseur la même impression : c'était sans doute ce qui l'avait poussé à hurler.

– Quand je devrais me taire, je hurle. Et quand je devrais parler, je me bloque, conclut-il en haussant à nouveau les épaules.

MAT se retint d'apporter le moindre commentaire, se contentant de le regarder d'un œil soucieux. Dans un All Hands Meeting où il s'était discrètement rendu pour s'imprégner de la culture de la société, il avait pu observer l'analyste junior aux allures gauches qui promenait son embarras de groupe en groupe, distribuant ses cartes de visite à l'envi, à tort et à travers. Pellegrini lui avait d'ailleurs parlé d'un certain Fazell, selon lui un néophyte, un incompétent exalté. Il allait dire quelque chose lorsque Koplovski le devança :

– Oh non, vous n'êtes pas foutu ! Tenez, suivez-moi…

Il attrapa Salim par le bras et l'emmena vers la salle de réunion. L'autre se laissa faire, non sans lever un sourcil interrogateur vers le reste du groupe.

– Oh, je vous ai bien vu hier à mon pot de départ ! Pour commencer, à un cocktail ne tenez pas votre verre comme une chope de bière et ne le videz pas d'un trait comme un shot de tequila. Et surtout, de grâce, ne faites pas cette tête d'enterrement dès que vous vous adressez à quelqu'un ! Voulez-vous les faire fuir les uns après les autres ? Dans notre milieu il faut avoir de l'humour, balancer des anecdotes, mon vieux !

Elisa s'était jointe à eux, et se tenait debout devant un tableau blanc. Salim s'était assis le plus près possible de MAT, balançant son corps ingrat d'avant en arrière. Il regardait déjà moins souvent en direction du plafond, de la terrasse.

– Vous ne comprenez pas… commença-t-il. Je suis incapable de parler en groupe, d'entamer une discussion. Je me fige.

– Évitez les anecdotes personnelles, suggéra Josh. On ne peut jamais vraiment mesurer l'effet qu'elles vont avoir jusqu'à ce qu'on les raconte en public, et il est souvent trop tard. Voulez-vous que nous vous conseillions des ouvrages spécialisés ?

On lui indiqua quelques lectures sur la manière d'entamer un discours. Les meilleures selon Koplovski étaient écrites par des prête-plume de présidents, ordonnées par rubriques : littérature, histoire, etc.

– Que voulez-vous devenir ? Directeur ? Vice-président ? Peu importe, il suffit de savoir parler en public. Sans notes, avec une diction parfaite, d'un ton égal, rassurant. Inscrivez-vous au théâtre, cela vous servira à de multiples égards.

MAT, qui était resté un peu en retrait, regardait le jeune analyste en hochant la tête.

– Tenez, suggéra-t-il, parlez-nous par exemple de ces propositions que vous avez faites à votre chef de département.

– Mais vous ne comprendrez rien et…

– Essayez quand même. Et partez toujours du principe que votre interlocuteur ne comprend rien – surtout s'il se prétend un expert en la matière. Tenez, proposez-moi un sujet, n'importe lequel.

Salim proposa les dentifrices à pâte dure. Immédiatement, Michael se lança.

L'analyste regardait tour à tour Elisa et MAT, fasciné. Quelques minutes avaient suffi à lui faire deviner un orateur brillant, à la fois rigoureux, précis, subtil, psychologue. Savoir parler en public implique de s'être consacré pendant des années à cette seule activité, quand d'autres s'appliquent à inventer des vaccins, à fabriquer des fusées, à bâtir des ponts ou à sauver des vies humaines. Parler n'est pas l'art de l'expert mais celui du nanti, du désœuvré, de l'aristocrate, de cette caste que Salim Fazell rêvait d'intégrer. Et Michael Aaron Thomas savait mieux que personne jouer des belles formules, entretenir un ton léger et un large sourire, un profil sympathique dans lequel il insérait soudain, anecdotiquement et comme à contretemps mais avec une précision chirurgicale, un grand nombre dont il se réclamait, qu'il s'agisse d'un capital de milliards de dollars ou de l'armée d'employés dont il avait la responsabilité. Le jeune analyste, subjugué, buvait ses paroles.

À la fin de la séance, Salim énonça ses propres propositions en essayant d'imiter l'assurance de MAT, et Koplovski et Elisa ne purent s'empêcher d'applaudir.

– Vous restez avec nous ? proposa Salim, qui avait momentanément oublié son licenciement et couvrait son mentor d'un regard admiratif. Je comptais aller chercher des burritos et un ceviche au mexicain en bas et…

– Hélas, je ne peux pas, répondit Michael. On m'attend et je dois réorganiser mon voyage…

– Où partez-vous ? demanda Elisa.

– Je ne sais pas. Enfin si, je vais en Europe. En Lettonie. Il n'y a pas tous les jours un vol. Il faut que je fasse mes réservations…

– Je connais une très bonne agence de voyages, si vous voulez.

– Une agence de voyages ? sourit MAT, désarmé. Non, je vous remercie, je fais tout en ligne, sur mon portable.

– C'est dommage. Moi quand je voyage je passe toujours par une agence, c'est plus exotique. On n'est pas à vingt-cinq dollars près.

Elisa expliqua qu'elle aimait pousser l'épaisse porte en verre et la refermer sur les bruits de la ville, se diriger sur la moquette silencieuse vers l'accueillante hôtesse et lui expliquer en quelques mots son projet, découvrir l'éventail des possibilités, choisir ensemble la meilleure option. En revanche, sur Internet elle hésitait toujours entre une douzaine d'affaires en or qui changeaient en permanence, et finalement lorsqu'elle avait fait son choix souffrait du sentiment amer d'avoir raté la meilleure offre.

Cette réponse absurde, cette décision de céder à l'inefficacité au nom d'un principe mystérieux, de *perdre son temps avec préméditation*, intrigua Michael plus qu'il n'aurait voulu l'admettre.

– Tenez, je vous ai noté l'adresse sur cette carte de visite. Allez-y de ma part, demandez Stephanie. Stephanie Weiss.

Le premier réflexe de MAT, décontenancé par une telle naïveté, fut de refuser ce bout de carton. Après quelques remerciements polis enfin il le saisit, puis il disparut dans l'ascenseur.

En le regardant partir Elisa ne put s'empêcher de pousser un soupir d'envie. Elle se demanda quelle vie menait ce Michael Aaron Thomas quand il n'était pas au quatre cent vingt-cinq. Pour elle il était essentiel que les brillants dirigeants d'entreprise, même hors de cet univers professionnel sur lequel ils règnent, montrent l'exemple. On veut les croiser dans un restaurant entourés d'enfants rieurs, assistés d'une épouse mince, belle et toujours élégante, on veut les apercevoir à travers la large fenêtre de leur salon, jouissant d'une vue grandiose. On veut que les personnages qui mènent leur carrière de main de maître soient des modèles, des êtres parfaits qui ne se trompent jamais de femme ni de maison ni de voiture, ni dans le choix du dernier film à aller voir au cinéma ou du meilleur plat dans le menu d'un restaurant. Les personnes qui ont réussi doivent absolument mener une existence de personnes qui ont réussi, conclut-elle pour elle-même, sinon rien ne tient plus debout.

Elisa retourna voir Koplovski, toujours occupé à planter ses mystérieuses graines, et fut très étonnée de ce qu'elle aperçut : au lieu de vider son sac d'engrais dans le pot en terre cuite qu'il avait ramené pour cet usage, Josh le déversait sur toute l'étendue de sable. Un fumet malodorant s'élevait vers le plafond puis s'évaporait, avalé par l'air climatisé.

– Josh, mais que faites-vous donc ?

– Je plante.

– Vous plantez ! Mais quoi donc ?

– Du blé.

– Planter du blé ? Dans du sable ? Quelle drôle d'idée ! Mais pourquoi donc ?

Le retraité ne releva pas la tête, il semait d'un geste ample et généreux sur une trentaine de mètres carrés le long de la vitre.

– Pardi ! Mais pour faire du pain, bien sûr.

8

Au matin du troisième jour, Elisa inspecta sa feuille de salaire et constata que le virement habituel avait été déposé sur son compte, elle n'avait donc pas encore été licenciée. Avec qui partager sa joie, sinon ses compagnons de l'étage analogue ? Elle se rendit aussitôt au quatre cent vingt-cinq, pénétra dans l'ascenseur, hurla le sésame à pleins poumons. Cette exultation vocale, quel plaisir ! Elle se rendit compte à quel point elle s'était affranchie de sa phobie.

Lorsqu'elle parvint à l'étage ils étaient tous là, les sens aux aguets, conquérants d'une terre qui allait révéler son secret, un trésor enseveli sous les sables. La brume, le matin prononcée davantage, se dissipa sans jamais s'effacer totalement, conférant une atmosphère propice aux songes et aux espoirs irraisonnés. Peut-être étaient-ce leurs rêves qu'ils étaient venus rechercher ici. On s'y était peut-être rendu pour constater le progrès des cultures de Koplovski, même si ce terrain était bien trop sablonneux, trop mince, trop ombragé, desséché par la climatisation, pour permettre d'entretenir le moindre espoir. Elle savait qu'on trouverait toujours le retraité à l'étage aux heures les plus matinales, à s'occuper de ses pots de fleurs, et c'était à se demander s'il quittait jamais cet endroit. Après avoir envisagé de déverser des monceaux d'engrais sur le sable, il parlait maintenant de confectionner de complexes mécanismes d'irrigation à partir des conduites d'eau des toilettes et de la kitchenette. À l'aide d'une perceuse il avait déjà ménagé d'étroites ouvertures dans les vitres et des jeux de miroirs, de façon à donner à ce qu'il appelait emphatiquement « mon champ » une exposition directe et favoriser la germination. Le dispositif, assorti de paravents en toile qui ralentissaient les courants d'air, avait pour effet de créer une légère et agréable brise qui rafraîchissait l'étage et le dépoussiérerait en quelques jours. L'ancien ingénieur apportait une telle minutie à ses préparatifs, décrivant à ses compagnons les techniques complexes de tallage, de montaison, d'épiaison, de floraison qu'il appliquerait au blé une fois germé, projetant de relever régulièrement la température ambiante à l'aide de thermomètres et de diverses sondes enterrés dans le sable, qu'on faisait semblant d'espérer un peu, pour ne pas le froisser. Elisa crut même voir un germe s'affranchir enfin du sable.

– Non. Ça n'est que le coin d'un badge en plastique, annonça MAT après une rapide inspection.

– C'est dommage, admit Koplovski.

Le retraité n'en démordait pas : le blé finirait par pousser. La vie chercherait nécessairement à se rattraper là du peu de cas qu'on faisait d'elle dans le reste de l'édifice et dans les étendues bétonnées qui l'entouraient à perte de vue. Et bien que sa théorie pût paraître absurde et sans aucun fondement, la possibilité de voir un jour émerger un bourgeon de ce petit lopin de sable dans les hauteurs d'un gratte-ciel excitait les esprits. Même MAT, au début très distant, avait tenu, chaussé de hautes bottes vertes en caoutchouc neuves, à inspecter le terrain. Lui qui ne connaissait rien à la culture des céréales et ne pouvait donc mesurer la chance qu'avaient les graines de blé de germer était à la fois sceptique et émerveillé face au simple processus de la nature.

– Comment de si petites graines de rien du tout, toutes bêtes, toutes rondes, pourraient-elles se transformer d'un jour à l'autre sans qu'on les aide en de beaux épis si réguliers, si dorés ? Cela me dépasse, si vous voulez mon avis…

– Et dans du sable. Notez bien : dans du sable… insista Koplovski. Ça arrive.

– Ah bon ? s'étonna le financier. Vous croyez vraiment que le sable… ?

Salim posa son imposant derrière dans le sable et secoua la tête en regardant par terre. Il avait failli intervenir mais s'était abstenu. L'analyste était préoccupé : la veille, MAT l'avait prié d'expliquer en détail le plan de croissance qu'il avait remis à Pellegrini avant d'être licencié. Il avait donc apporté son ordinateur.

Il se lança dans la description des formules et des variables. MAT l'écoutait en sirotant à longues gorgées précises une tasse de café noir, d'un air légèrement soucieux. Aux rares questions qu'il posait, il était évident qu'il connaissait le sujet, et qu'il naviguait dans les sphères les plus hautes de la holding. Enfin, il lâcha :

– Salim, votre plan me paraît très sensé. Il est solide.

– À quoi bon maintenant ?…

– Et vous allez le défendre ! reprit MAT. Nous allons vous réintégrer dans ce groupe, faire de vous un meneur d'hommes, mon vieux.

– Vous perdez votre temps. Je ne suis rien de tout ça, protesta Fazell en fixant sombrement le placard de la kitchenette.

Tout de même, le jeune analyste était pétrifié de fierté. La sentence avait été prononcée par un homme qui l'impressionnait de plus en plus.

– Mais cela viendra peut-être un jour… dit Elisa.

– Non. Je ne suis tout simplement bon à rien.

– Vous avez un MBA, comment pouvez-vous être incompétent ? Ce Pellegrini est un arriviste, voilà tout.

C'était Koplovski qui venait de mentionner le nouvel homme fort de la société. Elisa sursauta en entendant prononcer le nom de l'homme qu'elle devait rencontrer.

Salim déclara que sa bête noire n'était pas Pellegrini. Bien sûr, il réalisait maintenant à quel point il avait été exploité, mais il en voulait surtout aux autres, à ceux qui n'avaient pas pris la peine de le soutenir.

– Vous serez mieux armé pour votre prochain job, essaya de le rassurer Michael en rechaussant ses bottes, dans lesquelles il se sentait un véritable agriculteur.

Ce commentaire était un mensonge délibéré : Salim Fazell ne parviendrait jamais à la méchanceté qu'exigeait cette profession. MAT mit fin à la discussion en partant fouler le sable meuble, c'était beaucoup plus drôle que son mini-jardin japonais, qu'il avait d'ailleurs laissé chez lui. Or sa remarque ne parut pas avoir rassuré Salim, bien au contraire.

– Non, j'ai mes sources, vous savez. Ici ou ailleurs on me résumera toujours à mon air pataud et mon teint de peau, on me traitera de « paysan », de « Paki »… Ma décision est prise. Je sais ce qu'il me reste à faire.

MAT se garda de faire le moindre commentaire ; au moins, ce garçon avait une opinion assez juste de la façon dont on le considérait dans le groupe. Koplovski en revanche le regardait avec insistance, puis lâcha enfin, un poing sur la hanche, l'autre caché derrière son dos :

– Et qu'est-ce que vous allez donc faire ? En finir ?

Fazell écarquilla les yeux.

– Que voulez-vous dire ?

Le retraité brandit une note manuscrite. Salim reconnut une note rédigée en hâte qu'il comptait laisser sur le parapet de l'édifice, et qu'il avait dû laisser traîner dans le sable la première nuit.

– Et ça, c'est quoi ?

Salim prit sa tête dans ses mains et pleura silencieusement. Enfin il releva son gros visage vers ses compagnons et entreprit de leur expliquer la série des mésaventures et des déceptions qui l'avaient conduit à vouloir se jeter depuis la terrasse.

– Quel gâchis ! Mais quel gâchis ! J'aurais mieux fait de rentrer au Pakistan, voilà ce que j'aurais dû faire. Je suis sûr que vous n'avez jamais connu une telle expérience...

Ce commentaire, adressé à MAT, arracha un sourire sardonique à l'intéressé, qui en se remettant à arpenter l'étendue de sable avec son râteau mentionna ce diplôme obtenu en cumulant plusieurs petits boulots, puis son premier poste et sa confiance aveugle dans le management, ce prestigieux surnom de Workaholique dont il avait hérité. Et puis, face aux premiers camarades de promotion qui montaient d'un cran sans avoir particulièrement brillé, cette question que, prenant son courage à deux mains, il avait enfin posée un matin d'une voix tremblante et coupable : « Et moi, c'est pour quand ? » « L'an prochain. L'an prochain, tu seras promu », lui avait-on répondu. Les mois suivants il avait redoublé d'efforts, de compétence, de créativité, accumulé les Awards. Mais en fin d'année son manager avait quitté la société brusquement et en mauvais termes, et avait omis par méchanceté de mentionner à son successeur la promesse faite. MAT aurait encore perdu un an s'il n'avait donné sa démission et rejoint un autre groupe, dont il avait rapidement grimpé les échelons hiérarchiques jusqu'à son poste actuel.

– Pellegrini n'est pas un méchant homme, mais il doit déjà sentir en vous un certain cynisme, un certain découragement qui cadrent mal avec une mission d'importance.

– Et ma mère qui me croit déjà directeur général ou vice-président, qui va me demander pourquoi je ne lui envoie plus d'argent... Voilà l'histoire de ma carrière ratée, termina Fazell.

– Ce n'était pas une raison pour... Enfin, je veux dire, ça n'est qu'un job, le rassura Elisa.

– Vous avez raison, se jeter du haut d'un gratte-ciel pour une marque de dentifrice ou un taux d'intérêts est un peu grotesque, admit Salim.

Koplovski, qui s'était remis à arroser, conclut, les yeux toujours sur son ouvrage :

– Surtout quand on sait que du jour au lendemain cette marque de dentifrice ou cette banque peut vous balancer sans un mot d'explication. L'entreprise, quelle dictature !

L'arrosage était maintenant en cours sur toute l'étendue de l'étage. Koplovski expliquait que le blé avait grandement besoin d'azote, surtout en fin de montaison, et qu'à cette fin le choix de l'engrais approprié était capital. Salim, campé devant une fenêtre, demeurait absorbé par le spectacle qui se déroulait de l'autre côté de la vitre, l'agitation frénétique de la ville, ses voitures et ses passants allant on ne sait où avec une conviction suspecte. À l'intérieur, une libellule aux jolies ailes bleutées et à l'abdomen caréné voletait, affairée au-dessus des dunes sans les toucher, mille fois sur le point de s'y poser mais décollant au premier signe de danger. Koplovski reprit :

– Au fil des années on apprend à se méfier, à rester à la surface des choses, à se préparer à la prochaine bourrasque. Si vous n'y prenez garde, le licenciement deviendra votre hantise, et cette hantise, première coupable de votre incompétence, fera de vous une personne en permanence stressée. Une bête sauvage.

Salim, concentré sur la beauté de la libellule, s'efforçait de ne faire aucun mouvement, il ne voulait plus qu'elle s'envole.

– Tout ça ce n'est pas votre faute… Y avait-il autre chose qui vous attirait, à part l'analyse financière ? demanda enfin Elisa.

Salim haussa ses larges épaules de travailleur de la terre.

– J'ai grandi au milieu d'un désert, d'abord au Pakistan, ensuite, dans ce pays, dans une plaine aride à quarante kilomètres de la ville la plus proche. Que croyez-vous que l'on y cultive, sinon l'envie d'en sortir ?

– Vous avez toujours de la famille là-bas ?

– Mes grands-parents, et ma sœur. Ils ont une ferme, ils ne pouvaient pas partir – ils ne voulaient pas, d'ailleurs. Quand vous cultivez dans des régions aussi arides, vous ne pouvez pas lâcher la récolte, ne serait-ce que trois jours.

À ces mots Koplovski, qui lissait distraitement ses moustaches, sursauta.

– Vous avez passé votre enfance à cultiver dans le désert ?

– Peut-être pourriez-vous… ? proposa Elisa.

Josh expliqua plus en détail ce qu'il était en train de faire et Salim parut enfin comprendre ce qu'on attendait de lui. Il haussa les épaules comme le faisait son grand-père quand on lui demandait si cette année la récolte serait bonne.

– Une chose est sûre, ça ne poussera jamais de la façon dont vous vous y êtes pris…

Koplovski encaissa, puis sourit.

– Mais ça peut pousser ?

Salim haussa de nouveau les épaules. Il sortit de son sac à dos un poste radio qu'il avait l'habitude de mettre en sourdine sur son bureau et le mit en marche. La radio par miracle captait quelques stations. L'étage parut soudain très différent, avec cette musique d'ambiance.

*

Salim Fazell alla chercher ses burritos et ses bières mexicaines, et ce fut au tour d'Elisa de partager ses doléances, discrètement, auprès du mystérieux Michael Aaron Thomas. En ce troisième matin, pas plus que les précédents, la pauvre analyste n'était parvenue à se rendre au trente-septième. Tandis qu'elle s'efforçait de décrire les méandres dans lesquels elle se débattait pour préserver son poste, se perdait dans les ramifications des organigrammes – sans oser mentionner sa claustrophobie maladive et sa hantise de l'ascenseur –, elle espérait vaguement que ce cadre omniscient l'aiderait à comprendre de quoi il retournait dans l'entreprise. Mais MAT se contentait de la regarder en silence, il se tenait coi, affichait un air tranquille, patient.

Salim revint avec les victuailles, et à mi-burrito Elisa se lança :

– Vous ne parlez pas beaucoup de vous. Vous êtes marié, m'avez-vous dit…

Elle sentit que la question le gênait, mais après un instant de réflexion MAT pompa son horchata avec sa paille rouge striée de blanc, regarda autour de lui et déclara, le plus sérieusement du monde :

– En fait, je ne sais pas.

Il soupira, passa la main dans ses rares cheveux, s'adossa à son siège, et expliqua qu'il avait rencontré son épouse à l'étranger, par l'entremise d'une agence de rencontre. Son travail lui prenait tellement de temps qu'il n'avait pas véritablement de vie sociale, et il avait trouvé cette formule pratique : aller chercher une femme en Lettonie, Riga. Oui, il venait de se marier, continuait-il, mais en réalité il n'en était pas complètement certain. Ses problèmes avaient commencé pendant la cérémonie du mariage, dans une bourgade à une centaine de kilomètres de Riga.

– J'aurais tellement voulu dire le « *Da* » ! Mais rien, on ne m'a rien demandé ! C'est ça qui me fait douter. Je lui avais pourtant fait promettre de me donner un coup de coude quand ce serait à mon tour de dire « *Da* », mais comme à la mairie ils pensaient que je ne parlais pas letton et qu'eux-mêmes ne parlaient pas anglais… ils ont peut-être jugé que ma signature suffisait. Ah, simplement ce « *Da* »… Je n'en ai pas dormi pendant des nuits, et à présent je doute vraiment.

Sa physionomie avait changé. Son menton avait l'air proéminent, son nez un peu plus large, son dos s'était légèrement voûté. Elisa douta que « oui » en letton se dit « *da* » comme en russe. L'aveu d'une certaine faiblesse de la part de cet homme le rendait un peu moins intimidant, et elle poursuivit :

– Comment s'appelle-t-elle ?

– Sophia. Elle habite dans une jolie province à l'ouest de la capitale. Après la cérémonie, pour des questions de visa, j'ai dû rentrer. Quant à elle, elle devait régler les histoires de papier du mariage avant de me rejoindre. Enfin, c'est ce que j'avais compris. Mais depuis, plus vraiment de nouvelles…

Pouvait-il s'agir, s'inquiéta-t-il en tirant sur la paille de son horchata, d'autre chose que d'un mariage ? Cela se passait pourtant dans un grand hall avec des fenêtres hautes et des fonctionnaires en cravate. Il pensa à nouveau – à vrai dire il n'avait pas cessé d'y penser – à ces cris d'enfants pendant sa dernière conversation avec Sophia.

– Si vous avez signé les papiers, opposa Elisa vaguement, il n'y a pas de doute…

Il se mit à tâter la poche extérieure de sa veste.

– Je n'ai aucun papier, ils sont restés là-bas, en Lettonie. Mais j'ai des photos. Pas du mariage, enfin, pas de la cérémonie, mais…

Il tira des photographies de sa poche, invita Elisa à se pencher. Elle distingua un portrait en pied, plusieurs prises. Une femme brune de vingt-six ou vingt-huit ans, très belle, tenait la pose dans diverses robes affriolantes. Lui avait un regard de gosse. Il n'était pas beau, le Grand Manager, mais à cet instant il lui parut très digne. Elisa se sentait de plus en plus à l'aise dans cette conversation.

– Ces yeux !

– Les yeux. C'est de là qu'est venu le coup de foudre. J'ai eu de la chance, admit-il, parce que en vrai elle aurait pu être décevante. Sur le site de rencontre on ne voyait pas les yeux aussi bien, la résolution n'était pas très bonne… J'ai regardé les photos, j'en ai vu défiler des tonnes et des tonnes, et à un moment j'ai dit : « C'est elle. » C'est inexplicable, c'est… Ah !

Il paraissait très ému. Elisa, éblouie jusque-là par ses titres, ses diplômes de grandes écoles et sa si brillante carrière, regardait le piédestal sur lequel il se tenait s'effriter à vue d'œil.

– Quand est-ce qu'elle devait arriver ?

– Quand elle devait arriver, quand elle devait arriver… maugréa MAT en rangeant consciencieusement les photos dans son portefeuille. Ça devait prendre entre quatre et sept semaines. J'avais même écrit au sénateur, pour réduire à trois ; il m'a répondu une lettre touchante, mais il me réclamait des documents que je n'ai pas en ma possession. Juste pour l'été : ç'aurait été romantique… Vous imaginez ? Et puis, paf !, depuis le mariage, depuis mon retour ici, plus rien. Plus de communication. Ni avec la famille. Je ne comprends pas. Jusqu'à avant-hier. Et encore… Depuis je cherche un peu partout sur Internet des couples qui auraient vécu des situations similaires, mais…

Il se leva poussivement, lesté par son burrito carnitas, puisa un cure-dents dans un petit panier que Salim avait rapporté de son expédition, et contempla les avenues qui en contrebas paraissaient encore plus larges, plus vides et pesantes qu'à l'ordinaire. Elisa se demanda comment un homme si brillant pouvait choisir son épouse au hasard. Rien ne suggérait dans sa physionomie que le manager ait pu à ce point faire fausse route.

– Vous feriez mieux de réserver votre vol au plus tôt et d'aller la rejoindre à Riga, conclut-elle.

Or de cela non plus il n'était pas certain. Il craignait qu'aller en Lettonie ne serve à rien, strictement à rien, bien qu'il caressât effectivement ce projet. Déjà, là-bas, c'était un labyrinthe administratif. C'était d'un fatiguant, toutes ces démarches ! Aller d'un bureau à l'autre, marcher pendant des kilomètres ou faire quatre heures de voiture pour se faire remballer parce qu'il manquait un papier… Et bien sûr ils ne vous disaient jamais qu'il manquait, ce papier… Non, il ne saurait à quel bureau s'adresser, à qui parler – il lui faudrait un interprète, mais là-bas pouvait-on faire confiance à un intermédiaire ? Et puis il ne savait même pas s'il pourrait retrouver le chemin du quartier de Sophia. C'était passé tellement vite. Il aurait voulu visiter le pays, rapporter quelque chose, mais il n'en avait même pas eu le temps. Il avait juste pris quelques clichés dans la voiture. Pendant le mariage aussi – enfin, pendant la fête, après la mairie.

– Une fête slave, c'est quelque chose ! De la nourriture, mon Dieu, à n'en plus finir… Et ils dansent, ils dansent ! Après l'apéritif, ils dansaient déjà. Moi j'étais rempli, je ne pouvais pas. Une débauche de nourriture, voilà ce que c'était : il y avait à manger pour cinquante, et nous étions vingt. Ils avaient dû le faire exprès pour me faire payer, convint-il dans un ricanement fataliste. Le personnel de l'établissement, les amis des amis, ils se sont bien servis… Bah ! C'était marrant, on a fini tard et tout le monde avait l'air content.

La nuit tombait. Il parut se rendre compte de l'étrangeté de leur situation, cette inconnue et lui dans la semi-obscurité d'un soir de février, au bord d'une arène déserte surplombant le quartier des affaires.

– Mais ce « *Da* » !… Je l'attendais, et puis rien. C'était… énervant. Si je l'avais dit, je serais un homme marié, aujourd'hui. Au moins je saurais !

Le consultant en stratégie évitait de la regarder, mais les yeux d'Elisa s'étaient mis à briller différemment et cherchaient les siens. Son pouls s'activa sous son chemisier, faisant balancer ses seins et cliqueter ses colliers. Leurs deux mains s'avancèrent en même temps vers un verre en plastique et s'effleurèrent, Elisa retira la sienne et se leva brusquement, affolée, l'œil rivé à son portable.

– Je dois y aller. Je repasserai demain matin. Vous serez là ?

Michael hocha la tête.

Elisa ramassa son verre, le vida, et puis, après avoir salué Salim et Koplovski, elle disparut dans l'ascenseur. Deux SMS de sa fille lui demandaient quand elle serait de retour, et Elisa en conclut que quelque chose s'était passé, qu'elle devait rentrer au plus vite.

9

Sur l'autoroute qui la ramenait vers l'océan, Elisa se mit à pleurer. Elle avait déjà raté trois réunions projet en deux jours et devait avoir bien déçu ses collègues Katrina, Pierre, Lino, avec qui elle travaillait tout de même depuis plus d'un an, même si elle ne les avait jamais rencontrés en chair et en os puisque eux aussi étaient *remote*. Sentir les larmes couler sur ses joues la détendait – c'était même peut-être la seule activité qui la relaxait encore. Seule, elle pouvait pleurer à volonté, sans raison précise, entre deux coups de téléphone ou deux e-mails adressés à des managers jamais satisfaits. Surtout, la sudation coupable stoppait alors immédiatement : son organisme devait juger inutile de se déshydrater par deux voies en même temps. Depuis les mystérieux SMS d'Alice elle appelait la maison toutes les vingt minutes, sans succès. Elle se souvint de ce faux téléphone qu'elle lui avait offert vers ses deux ans, auquel la petite fille tenait tant. Elle imitait sa mère, le laissait sonner puis se levait soudain, trébuchant sur le modèle réduit d'un carrosse de Cendrillon en forme de courge, ne s'attardant pas sur le chaos miniature qu'elle venait de créer pour atteindre plus vite le précieux objet. C'était hier. Elisa imagina le téléphone tremblotant à l'intérieur de la maison de Pacifica, faisant osciller la petite table en bois laqué noir au bout du gigantesque vestibule où il faisait toujours si frais et si sombre, même lorsque dehors le soleil irradiait.

Elle roulait maintenant à tombeau ouvert, un œil toujours sur son portable par superstition, dans l'espoir inavoué que ses efforts télépathiques finiraient par le faire sonner. Qui sait si Alice n'était pas partie en vadrouille avec Justin, qu'elle soupçonnait de squatter à la maison ? Qui sait si elle n'allait pas les croiser, là, tout de suite ? Quand il avait bu, Justin aimait conduire sa vieille Mustang à toute vitesse sur cette autoroute en lacet si propice aux hécatombes qui s'incurvait le long de l'océan. Il était arrivé quelque chose de grave, oui c'était sans doute cela, ils avaient eu un accident, se persuadait peu à peu Elisa, qui ne pouvait résister au plaisir masochiste de se faire peur.

Enfin son téléphone sonna. Ce n'était ni la maison ni le portable d'Alice. Elle ne connaissait pas ce numéro, mais après une hésitation finit par décrocher. C'était la banque auprès de laquelle elle avait réalisé son emprunt foncier. Elisa leur avait laissé un message la veille, désirant savoir ce qui se passerait dans le cas – purement hypothétique, insista-t-elle – où elle ne pourrait payer ses mensualités pendant quelques mois.

– Si vous ne pouvez plus payer vos traites, votre seul recours est de vendre.

– Mais si je vendais, je vendrais à perte.

– C'est le seul moyen de ne pas vous voir confisquer tous vos biens et d'éviter la faillite personnelle, répliqua la voix de l'autre côté de la ligne.

– C'est juste une hypothèse, insista-t-elle une fois encore.

– Nous vous envoyons un inspecteur, pour évaluer le prix de vente de votre maison. C'est juste une mesure de précaution.

Cette voix s'était présentée mais elle ne se souvenait plus du nom, elle avait seulement établi qu'il s'agissait d'un homme avec un accent étranger, qui l'appelait peut-être d'un continent lointain. Cet homme parlait de sa maison sans l'avoir vue, ne la verrait jamais. Et pourtant il était investi du pouvoir de l'en chasser. De toute évidence un dossier venait d'être créé à cette intention, ils étaient déjà en train de s'en occuper, lui et sa banque.

Elle raccrocha. Seule la perspective de revoir ses compagnons le lendemain matin – ils s'étaient vaguement donné rendez-vous – la remplissait d'un vague espoir, sans qu'elle sût dire pourquoi. Comme elle n'avait pas compris si MAT se trouvait là en mission ou s'il y résidait, elle pianota de la main droite sur son portable en conduisant de la main gauche, apprit qu'un certain Michael Aaron Thomas possédait un MBA, et qu'un Michael Aaron Thomas, peut-être le même, avait terminé dix-septième d'une course de fond sur un lac gelé un peu plus de trois ans auparavant. Plusieurs articles élogieux de revues financières et de management en ligne citaient un homme de ce nom comme une référence dans le domaine, les plus récents annonçaient son entrée en fonction dans un grand groupe, sans que l'acronyme rappelât quoi que ce soit à Elisa, qui ignorait les ramifications complexes de la multinationale à laquelle appartenait Maxa. Aucune de ces informations n'était assortie de photo, il pouvait donc s'agir de Michael Aaron Thomas différents.

Au crissement familier des pneus sur le gravier, elle s'aperçut qu'elle était arrivée. Elle venait de se garer, ou plutôt d'arrêter la voiture subitement. Elle se rua dans la maison à travers le vestibule en appelant sa fille. Alice et Justin apparurent, décoiffés, sales, débraillés, Justin tenait un sac de pop-corn dans sa main gauche.

– Maman ?

– Qu'est-ce qui s'est passé ?

– On regardait un film. Je viens juste de voir tous tes appels…

Presque onze heures du soir : pourquoi Alice n'était-elle pas couchée alors qu'elle avait un examen le lendemain matin ? Elisa se demanda à nouveau pourquoi Justin, malgré son interdiction de venir leur rendre visite en semaine, était là. Elle se demanda si Justin et Alice couchaient ensemble, dans ses propres draps peut-être, le seul lit à deux places de toute la maison. Non, sa fille lui en aurait parlé. Il n'y avait pas de raison qu'elle lui cache quoi que ce soit, à quinze ans. Elle fouilla son sac à main à la recherche d'un stylo, n'en trouva pas, et poursuivit en pensée son écriture : *une fine couche de cellophane recouvrait leurs corps et empêchait de toucher leur peau, leurs visages, leurs cheveux*..., puis elle ôta sa veste, ses chaussures.

– Tu ne devais pas rentrer demain soir ?

Elisa était revenue dans la cuisine. Elle venait de poser son sac de voyage sur le carrelage, son sac à main sur le guéridon à l'entrée de la pièce. Elle ne savait pas pour qui elle écrivait puisqu'elle venait de décider de ne plus jamais montrer ces lignes au docteur Meyer ni à personne. *Une couche de cellophane qui permettait à leurs vies de glisser l'une sur l'autre sans accrocher, c'était très pratique...*

– Mon entretien a été repoussé et... mais je vais sans doute devoir repartir. Pourquoi m'as-tu demandé quand je rentrais ?

– Ah ! Tu as donc reçu mon message, fit Alice, qui sembla à cet instant seulement se souvenir des multiples SMS qu'elle avait envoyés à sa mère. Je voulais savoir, parce que je pars avec Justin pour le concert, demain soir. Si tu n'es pas rentrée je passerai la nuit chez des amis à lui, des gens très bien.

Elisa frémit à l'idée de laisser sa fille passer sa nuit chez des amis de Justin. Jusqu'où devait-elle tolérer ses frasques ? Le dimanche précédent, elle avait exigé qu'Alice cesse de fréquenter ce vaurien de quatre ans son aîné. Elisa ne pouvait pas dire qu'elle n'aimait pas Justin, elle ne pouvait pas lui en vouloir non plus, à dix-neuf ans on a la tête pleine de grandes idées, on parle à tort et à travers, voilà tout. Si Alice couchait avec Justin, elle lui en parlerait, voilà tout.

Elle aurait tant voulu appeler le docteur Meyer, lui faire part de son anxiété, de sa phobie du trente-septième étage, de la méfiance qu'elle éprouvait pour Justin. Elle lui avait ainsi décrit le jeune homme : un individu à barbichette et cheveux noirs, sans charme, dénué de sensualité, un pauvre Don Quichotte qui du haut de ses dix-neuf ans prétendait changer le monde sans bouger le petit doigt, en grande partie parce qu'un marqueteur astucieux l'avait un jour, lui et quelques millions d'autres, affublé du titre prétentieux de « millénial », qui procurait à toute une génération l'illusion criminelle qu'être né autour d'un chiffre rond du calendrier chrétien vous investissait pour le restant de votre existence d'un destin extraordinaire. Et lui, l'élu, se vengeait de sa relative insignifiance en se pavanant avec sa fille, il se sublimait en tirant à boulets rouges sur le monde laborieux dans lequel peinait Elisa. Un gamin qui avait osé déclarer à Alice que sa mère les abandonnait à leur sort pour se rendre esclave du capitalisme ! Elle aurait dû le gifler.

Ce qui la dérangeait chez Justin, c'étaient ses remarques, volontairement blessantes.

– Qu'est-ce qui s'est passé ? répéta-t-elle.

Ils la regardèrent sans rien dire, puis Justin s'avança jusqu'à l'entrée. Elisa lui emboîta le pas, suivie d'Alice. Toujours en silence, la petite procession sortit, fit le tour de la bâtisse recouverte de crépi blanc cassé, Justin ouvrit le portillon du jardin qui grinça, prit l'étroite allée dallée qui longeait la maison, bifurqua à gauche devant la façade nord, chercha son portable dans sa poche, le mit en mode lampe de poche, et pointa son appareil vers le mur. Avant de regarder ce qu'il lui montrait, Elisa remarqua le sourire de victoire qui se dessinait sur le visage du jeune homme.

Une lézarde zébrait toute la façade nord, depuis le soutènement du toit jusqu'au sous-sol. Elle était là, expliquèrent les deux jeunes gens, depuis un bref séisme qui les avait réveillés en sursaut pendant qu'ils faisaient la sieste. Justin avait fait des recherches en ligne. Les sismologues situaient l'épicentre quelque part un peu plus au nord, dans une province limitrophe, à un kilomètre d'une bourgade dont il avait oublié le nom mais sur laquelle il s'était dûment renseigné, et qu'Alice et lui s'étaient promis d'aller visiter un jour. Le séisme n'avait pas été d'une ampleur considérable, seulement trois virgule six sur l'échelle de Richter, mais ç'avait été une brusque secousse, comme si un géant avait donné un formidable coup de pied dans la maison. Depuis près d'un demi-siècle, les tremblements de terre consistaient surtout en de longues vibrations qui donnaient l'impression qu'un train à grande vitesse passait sur le toit. Mais cette fois ç'avait été le gros coup de pied de géant. Personne ne s'expliquait pourquoi, conclut Justin avec un air d'importance. On l'attribuait, faute de trouver un meilleur coupable, au réchauffement climatique.

Elisa observa la lézarde dans la semi-obscurité projetée par la lumière de son propre portable, rassurée de ne pas avoir à l'affronter de jour dans toute sa crudité. Elle garda les yeux fixés sur la fissure. De loin lui parvenaient les rires d'Alice et de Justin, qui l'avaient laissée là et se partageaient la balançoire suspendue au grand pommier. En mémoriser les errances lui permettrait peut-être d'en comprendre la cause exacte, de la combler. Elle en voulait terriblement à Justin de lui avoir indiqué la lézarde. Lui revint en mémoire, sous l'air grave qu'il affichait tandis qu'il les devançait, son rictus mal dissimulé. Et en même temps il paraissait la juger, comme si elle avait une responsabilité dans ce phénomène naturel, cet événement de force majeure.

– C'est arrivé quel jour ? demanda-t-elle en fixant un objet invisible à travers la fenêtre du salon.

– Avant-hier.

– À quelle heure ?

– Vers quatorze heures.

C'était le moment où l'ascenseur avait fait son embardée.

*

De retour dans la cuisine, Justin expliqua que la maison n'était pas la seule touchée, des vitrines du centre-ville s'étaient brisées en mille morceaux et les magasins avaient été pillés pendant la nuit par les ratons laveurs.

– Maman, l'assurance payera, tempéra Alice, troublée par le visage décomposé de sa mère.

Elisa ne dit rien. Personne ne pouvait s'offrir d'assurance contre les tremblements de terre, c'était exorbitant. Cette maison, en quelques secondes, était devenue invendable. Puis elle fut surprise du silence qui l'entourait.

Les deux jeunes gens ne bougeaient pas, ils regardaient les larmes couler sur ses joues avec un visible ennui. Exactement comme le matin de son départ pour l'entretien, ils se tenaient devant elle dans la cuisine, lui en jean et T-shirt blanc à manches longues, décoiffé, et elle en T-shirt et short en nylon, les cheveux en chignon encore mouillés. La seule différence était l'état catastrophique de la pièce, et ces deux verres à cocktail remplis de glaçons et d'un liquide transparent – gin ou eau glacée, elle ne savait pas.

– On a du mal à comprendre pourquoi tu fais ça, maman, dit enfin sa fille.

– Pourquoi je fais quoi, Alice ?

La jeune fille décocha un coup d'œil à Justin, qui dit doucement :

– Pourquoi vous devez aller si loin pour votre travail. Et en plus pour bosser dans ces groupes, pour ces banques…

– Assistante sociale, c'était pourtant mieux, non ? Tu aidais les gens au moins…

Justin et Alice sous-entendaient qu'elle avait abandonné ses prisonniers en prenant ce poste bien mieux rémunéré.

– Les activités les plus gratifiantes sont toujours les moins bien payées, répondit sèchement Elisa.

Elle sécha ses larmes du dos de la main, puis s'affaira nerveusement, ouvrit un placard, rangea une pile d'assiettes. Justin ajouta en portant le verre à ses lèvres :

– Ces types pour qui vous bossez, qui brassent de l'argent du matin au soir, qui ne produisent rien, n'ajoutent rien, ne font rien progresser d'autre que le montant de leur compte en banque, vous ne trouvez pas ça dégueulasse, Elisa ?

– Non.

Elle mentait bien sûr, elle aussi trouvait cela dégueulasse, inacceptable même, mais, comme elle l'avait expliqué au docteur Meyer, elle ne permettait pas qu'un blanc-bec de dix-neuf ans incapable de décrocher un diplôme lui fasse la morale. Si elle avait approuvé ç'aurait été comme si toute sa carrière avait soudainement été rasée, ses efforts réduits à néant. C'était un angle de discussion très dangereux. Alice ne l'avait pas compris, mais Justin, lui, le sentait bien, il était parfaitement conscient que le sujet révulsait Elisa, et c'était pour cela qu'il insistait.

Le garçon se dirigea vers le bar, saisit la bouteille de tequila, se servit une grande rasade. En regardant Elisa il but une grande gorgée comme si c'était de l'eau. Ses yeux étaient exorbités. Avec ses cheveux dépeignés, il avait l'air d'un clodo. À côté de lui Alice le dévisageait avec admiration, attendant qu'il dise quelque chose, qu'il se lance dans l'une de ses grandes diatribes qui faisaient toujours fulminer sa mère.

– Ces dernières semaines, reprit Justin l'œil pétillant, on parle beaucoup de ce scientifique, un certain Lizzi, qui a formulé une théorie mathématique très belle, mais très fausse…

Personne ne bougeait. Elisa lui faisait face, tendue, prête à lui sauter à la gorge, et Alice, rêveuse, restait accrochée à ses lèvres. Justin s'emballa :

– Très fausse, ont insisté les savants du monde entier… mais très belle, ont insisté les journaux, à grand renfort d'articles, de télés, d'entretiens. Pourquoi tant de critiques, d'interviews, pour une théorie aussi innocente ? Nous sommes peut-être à l'aube de quelque chose d'autre, vous ne croyez pas, Elisa ? Tout pourrait s'écrouler, se rebâtir, non ?

Après un silence dont il sembla savourer chaque seconde, il poursuivit, inquisiteur :

– Alors, seriez-vous prête ?

– Prête à quoi ?

– À tout perdre. À tout reconstruire.

Elle ne répondit pas, d'abord. Ce sont toujours ceux qui n'ont rien accompli qui veulent tout reconstruire. Elle avait pris ses clés, par réflexe, se préparant à repartir sans même avoir pu vraiment parler à Alice. Sur le point de quitter sa cuisine, elle se retourna, demanda à Justin de s'excuser pour ce qu'il venait de dire. Comme le garçon feignait de ne pas comprendre, elle répéta, il refusa en riant, et elle lui ordonna de quitter les lieux sur-le-champ, lui redit qu'il n'était pas le bienvenu dans cette maison, et que s'il avait touché à sa fille (qui, fallait-il le rappeler, était encore mineure) elle irait le dénoncer sans hésiter auprès des autorités comme déviant, comme prédateur, et il passerait le restant de sa vie affublé de ce titre. Alice s'était mise à pleurer, à trépigner, Justin la fixait en souriant, sûr de son bon droit, et Elisa se dit qu'il n'avait aucune compassion pour sa fille, qu'il ne l'aimait pas, elle hurla qu'il déguerpisse, tout de suite. Elle le prit par le bras et le tira jusque dans le jardin, ferma la porte à clé derrière elle pour qu'il ne puisse retourner dans la maison. Elle attendit d'entendre le vrombissement de la Mustang s'atténuer dans le lointain pour aller retrouver Alice, qui s'était enfermée dans sa chambre.

– Folle ! Tu es folle ! Folle ! Va-t'en !

Alice hurlait.

Elisa retourna à grands pas en direction de sa voiture. Le culot de ce garçon, qui osait, comme cela, tout remettre en question, d'une chiquenaude ! Elle se ravisa, repartit résolument dans le jardin et s'arrêta au point où, elle le savait, elle s'arrêterait infailliblement chaque fois. À la base de l'horrible fissure, le sol s'était lui aussi légèrement ouvert, la terre, qui avait dû pénétrer jusque dans la cave, avait été retournée et une fleur avait même poussé dans l'interstice. Elisa ne reconnut pas cette tige fine et ces pétales blanchâtres, ce n'était pas une plante courante sous ces latitudes. Après avoir consulté son téléphone elle fut convaincue qu'il s'agissait d'un lotus rose, natif de certaines provinces de la Chine orientale. Elle aurait voulu savoir d'où venait la graine, comment elle avait pu germer aussi vite, se demanda si elle avait été portée par les vents et les flots depuis l'autre bout du monde. Cette hypothèse lui plut au point de déterrer la fleur, patiemment, avec les doigts – la terre s'accumulait sous ses ongles et dans les plis de sa peau. Elle la préservait aussi agrégée que possible autour des racines, bien plus longues et nombreuses qu'elle n'aurait imaginé. Elle la plaça dans un grand sac-poubelle en plastique noir, qu'elle déposa dans le coffre de sa voiture, et reprit la route de la ville. Même s'il était devenu évident, pour elle et tous les autres, que rien ne germerait dans cette étendue aride, chacun s'était laissé aller au plaisir de se procurer chez des horticulteurs spécialisés les graines les plus exotiques, les plantes les plus rares et les moins à même de pousser dans ce climat – tomates de Hongrie, cactus nains du Mexique, rosiers Masquerade – pour le seul plaisir de les enfouir dans le sable mouillé d'un air faussement cérémonieux.

*

Une heure plus tard Elisa se trouvait de nouveau dans sa chambre d'hôtel en face de la marina. Sans s'en rendre compte, elle s'était garée devant l'hôtel, puis y avait repris la même chambre quittée la veille, au premier étage, de façon à ne pas avoir à emprunter l'ascenseur. Elle enfila une chemise de nuit et se coucha. Elle avait envie de se délasser. Ses pensées puisèrent dans ses plus beaux souvenirs, des souvenirs de vacances, comme ce voyage en Sicile avec Jude, leurs plus beaux jours, cet hôtel crasseux où ils n'avaient cessé de faire l'amour en buvant du vin sicilien dans des verres graisseux, et ils chantaient, toujours la même chanson, mais quelle chanson déjà ? Sa main droite se posa sur son ventre et descendit jusqu'au pubis, son index frotta le bouton de clitoris, puis pénétra dans son vagin, elle pensait à ses vacances, à cette terrasse de café aux chaises compissées par les chiens errants, elle était de nouveau heureuse, mais ce n'était pas son ancien boy-friend qui était assis à côté d'elle, qui dans la chambre d'hôtel débouchait une bouteille de vin, lui tendait un verre, caressait ses cheveux, puis ses jambes, mais un homme grand, longiligne, qui ressemblait à Michael Aaron Thomas. Après l'orgasme, particulièrement long, une question vint lui rendre visite, qui ne devait plus la quitter. Tous les occupants de l'étage analogue paraissaient avoir une très bonne raison de ne pas atteindre le lieu auquel ils étaient destinés dans la tour. Qu'était donc la raison de Michael Aaron Thomas, que devait-il fuir au point de n'avoir plus d'alternative que d'investir cet étage ?

10

On se trouvait peut-être au bout d'une voie. Qui sait si l'humanité n'allait pas bientôt découvrir une chausse-trape dont nul ne soupçonnait l'existence ? Cela paraissait désormais plausible à Elisa, après avoir observé pendant une bonne partie de la nuit les méandres du plâtre au plafond de sa chambre. Elle songea à tous ces gens abrutis par l'absurde de leur existence qui soudain craquaient, tels ce pilote de ligne au passé irréprochable qui orientait son avion rempli de passagers confiants vers un pic immaculé des Alpes, ou ces laissés-pour-compte de la société qui, en apparence tout à fait normaux, allaient acquérir un arsenal chez l'armurier avant de mettre à feu et à sang un campus rempli d'êtres obstinément insouciants et heureux, peut-être précisément parce qu'ils paraissaient insouciants et heureux – ou parce qu'ils devaient le paraître obstinément. Elle songea à ces baleines qui s'échouaient en masse et sans explication sur les plages du Pacifique. Pareillement, sa propre maison s'était craquelée sans explication. Tout cela pouvait très bien relever du même phénomène. Et de ces faits divers insensés, et en apparence sans rapport entre eux, se dégageait une même logique effroyable de la fin, et c'était cette logique qui dans l'esprit d'Elisa justifiait l'existence de l'étage analogue comme une présence nécessaire, une réaction naturelle à toute cette absurdité isotrope. Salim et Koplovski s'étaient perdus dans diverses hypothèses fumeuses, en tout cas difficiles à vérifier. Selon Josh, la construction de l'immeuble avait été initialement commandée par un financier de renom mais crapuleux, le créateur d'une pyramide de Ponzi qui avait pu faire construire cet étage secret pour s'y réfugier au cas où on voudrait l'arrêter, ou bien tout simplement pour tuer le temps pendant qu'on le croyait affairé à calculer les investissements les plus favorables pour ses clients ; Salim pour sa part affirmait que l'architecte en charge du projet était un grand amateur de football, et un cousin par alliance d'une star de l'équipe locale, ce qui expliquait le mot de passe. Et pourtant on sentait bien que ces faits, même s'ils étaient avérés, ne prouvaient rien, et Elisa s'était vite rabattue sur d'autres coïncidences, propres aux occupants de l'étage analogue. Koplovski n'avait-il pas avoué qu'il avait, pendant toutes ces années passées à faire le trajet depuis chez lui jusqu'à son bureau, songé chaque jour ouvré à emprunter sur l'autoroute une sortie différente de celle qu'il devait prendre, sans jamais avoir osé le faire ? Salim n'avait-il pas évoqué le désir refoulé d'une carrière d'artiste, de musicien, d'acteur ? L'étage analogue était peut-être la réponse à toutes ces envies inassouvies, cette bifurcation qu'ils n'avaient jamais osé choisir. Un paradoxe délicieux digne d'un dessin de M. C. Escher.

*

Lorsqu'elle pénétra à l'étage analogue, elle fut comme d'habitude prise d'une peur panique à l'idée qu'il n'y eût personne. Un bruit la fit sursauter, elle porta la main à son cœur. Koplovski se déplaçait à petits sauts réguliers de dune en dune, léger comme une plume, avec l'agilité d'un enfant de douze ans : il était en train de tasser le sable. Pour la première fois habillé en short et en T-shirt au lieu de son costume bleu pétrole, et chaussant des sandales, il quitta l'arène et continua à danser tout seul sur l'un des rares pans de moquette nus. Elisa marcha jusqu'à lui et le prit dans ses bras. Désormais, lorsqu'on se retrouvait à l'étage analogue, on se serrait dans les bras pendant une bonne minute, – c'était Salim Fazell qui avait suggéré ce cérémonial, et passé les premiers embarras tout le monde s'y était plié. Mais cette fois, lorsqu'il voulut se libérer, Elisa ne le lâcha pas. Elle sentait contre elle sa peau ridée, sa cage thoracique, son odeur. N'importe qui d'autre l'aurait dégoûtée à ce moment-là, mais pas Josh Koplovski. Le retraité avait deviné qu'elle voulait se confier.

– Dansons, vous voulez bien ?

Elle se mit à suivre les pas cadencés du petit homme chauve en sandales, la tête tout contre sa moustache et ses longs yeux de chien triste. Gêné peut-être par l'étrange couple qu'ils formaient, il entreprit de lui expliquer les techniques que lui avait apprises Salim au sujet de la culture en terrain sablonneux et qu'aucun livre, aucun site internet, ne décrivait. Elisa ne comprit rien à ses descriptions complexes de chimie, de mécanique des fluides et du solide, elle retint seulement que maintenant il avait confiance, le blé germerait. Et puis, comme s'il devait justifier son envie de danser, il reprit :

– Leslie et moi nous dansions tout le temps.

– … Votre épouse, Leslie ?

– Ma copine. Vous savez, elle était plus vieille que moi.

– Vous avez des enfants ? demanda Elisa, touchée par ce terme *copine* de la part d'un sexagénaire.

Mais elle connaissait déjà la réponse. La façon dont il conseillait Salim, voulait absolument l'aiguiller dans la bonne direction, trahissait les efforts d'un homme qui n'avait jamais pu être père.

– Nous ne nous sommes jamais mariés ; nous nous sommes même séparés pendant un an, et puis remis ensemble. Vous savez, elle m'avait déjà obligé à subir une vasectomie, alors pour les enfants je ne pouvais plus dans tous les cas. Quand on s'est remis ensemble, elle ne pouvait plus non plus.

La radio de Salim avait changé de registre et jouait maintenant de la salsa. Elisa reconnut un fameux morceau dont elle ignorait le nom… un pas en avant, un pas en arrière, un pas en avant… lequel déjà ?… « Social Vista

Club », quelque chose comme ça… Elle lui prit la main, elle le tint par la taille, ils dansaient en parfaite synchronisation. Josh était un très bon danseur.

– Le mieux, c'était quand on allait danser au Ball Room, à quelques rues d'ici. On jouait du latino… C'étaient les meilleurs moments de mon temps avec Leslie. Oh, au début elle ne voulait pas, elle restait à la maison devant la télé, mais elle voyait bien ma joie à mon retour, alors elle a fini par me suivre – elle adorait.

Ils dansèrent de bon cœur pendant près de vingt minutes. Elisa apprit quelques rudiments de bossa, de tango et de salsa, au hasard des airs que passait la radio. À l'étage analogue, selon une règle jamais mentionnée mais suivie à la lettre par chacun de ses occupants, on pouvait, à la différence des autres étages, où ce genre de velléité aurait eu quelque chose d'incongru, rire aux éclats ou danser si l'envie nous en prenait. Cela faisait à Elisa un bien énorme. Quant à cette leçon impromptue de danse latino, elle n'en était pas surprise. Les visites à l'étage analogue s'accompagnaient souvent d'un don, que ce soit de son temps, pour enseigner quelque chose ou pour cultiver le sable du retraité, ou d'un objet – ainsi, un outil de jardinage qui lui serait utile. L'essentiel, avait décidé Elisa, était de rendre cet endroit d'autant plus positif, varié et vivant que les autres étages exhalaient la discipline, la morosité et la jalousie. Et l'angle droit. Arguant que la nature ne connaissait pas le motif de l'angle droit, Koplovski avait fait courir sur les parois de séparation des bureaux une forme particulièrement tenace de lierre rampant aux feuilles bien rondes. Il avait démonté les lattes des stores, ôté les portes de leurs gonds, abattu une cloison, puis une autre. Ce dessein d'anéantir le motif le plus courant dans le mobilier et l'architecture de bureau aurait pu paraître étrange (surtout pour des gens précisément appelés *cadres*), mais après une première réticence dans le petit groupe, force était de constater qu'on se sentait beaucoup plus à l'aise, plus libre. Koplovski avait même déformé les pans de moquette de façon à créer un léger vallon dont le flanc ombragé était particulièrement prisé lorsque le soleil latéral tapait trop fort en milieu d'après-midi.

– Pourquoi ne me parlez-vous pas un peu d'elle ? proposa Elisa.

Josh lui avait seulement dit que son couple n'avait pas résisté à son métier, et elle avait eu la délicatesse de ne pas poser les questions d'usage empreintes de voyeurisme : quand ? pourquoi ?…

– Elle est morte dans un lit d'hôpital il y aura deux ans mardi prochain, répondit Koplovski d'un trait. Son dernier regard reste accroché dans ma mémoire, il ne m'a jamais lâché. C'était un regard – il faut l'avoir vu pour le comprendre – sans reproche ni animosité, elle me posait juste une question…

À la façon dont Koplovski expliquait qu'ils étaient tout le temps ensemble, surtout lorsque son cancer s'était déclaré, Elisa comprit combien il l'aimait. Si le couple avait souffert de son métier, ce calvaire avait dû le souder.

Il expliqua, en détachant chaque mot comme s'il prenait soudain conscience du lien qu'il était en train d'établir avec Elisa, pourquoi ces fleurs l'obsédaient. Dieu sait pourtant s'il n'avait pas la main verte. Dans sa chambre d'hôpital, Leslie avait tenu à ce qu'il place une plante sur le rebord de la fenêtre. Josh s'était aussitôt exécuté, il était allé acheter une belle orchidée blanche, mais l'avait ensuite laissée près de la fenêtre aux volets clos, sans penser à l'arroser. Il l'avait vue, et Leslie l'avait vue, petit à petit, jour après jour, tendre ses tiges de plus en plus crochues vers le filet de soleil qui transparaissait des stores, dans un mouvement de détresse lent et émouvant. Et puis les feuilles avaient jauni et la plante s'était repliée sur elle-même jusqu'à ressembler à une grosse araignée morte. Et puis Leslie elle aussi était morte.

– Je n'étais même pas présent. La vie est ainsi faite qu'aux moments les plus cruciaux on a tendance à manquer à l'appel. Vous savez que j'en veux à Salim ? Je lui en veux parce que j'ai été moi aussi dans sa situation. Lui culpabilise pour sa mère qui compte sur lui pour subsister ; moi, pendant que Leslie était en train de mourir, je travaillais douze heures par jour ! Cela doit vous paraître bien futile aujourd'hui, mais sur le moment c'était différent. Quand on souffre, on est lâche, on a besoin de s'accrocher à quelque chose, et l'homme se réfugie dans son travail.

Elisa s'avança dans le champ de sable où elle savait que Josh se mettrait le plus volontiers à parler, posa quelques questions sur la quantité de blé qu'il espérait tirer de sa culture, mais lui avait décidé de se confier.

– Vous savez, Elisa, à la différence d'autres professions, d'un policier, d'un médecin ou d'un conducteur d'autocar, notre aura est nulle dès que nous quittons l'enceinte de notre minuscule royaume. À l'extérieur, personne ne comprend vraiment ce que nous faisons. Et notre royaume déjà minuscule s'est réduit comme peau de chagrin avec le temps ! Il y a vingt ans je régnais sur une armée de programmeurs et d'ingénieurs. Les réunions téléphoniques auxquelles Pellegrini me conviait me poursuivaient jusque dans la chambre où agonisait Leslie, j'en oubliais parfois jusqu'à la présence de la malade. Ce n'était jamais elle qui me faisait remarquer mon attitude, car elle était trop délicate pour cela, mais une infirmière qui me chuchotait furieusement à l'oreille de quitter la pièce si c'était pour hurler ainsi au téléphone, cette patiente avait plus que les autres besoin de calme et de réconfort. Et alors c'était comme si je me réveillais, réalisais soudain où je me trouvais, et rongé par le remords, jetant un regard confus vers Leslie qui dormait ou faisait semblant, je m'éclipsais discrètement pour terminer ma conversation. Mes collègues ne manquaient jamais de me demander de ses nouvelles même s'ils avaient horreur – je l'avais vite compris – d'aborder le sujet, comme si la maladie, la perspective de la mort, bref, la vraie vie, n'avaient pas lieu d'être ici, et abîmaient la jolie fiction dans laquelle nous étions tous plongés, cette jolie fiction qui nous faisait nous surpasser pour un zéro de plus dans la marge prévisionnelle du groupe, sans augmenter du moindre centime notre feuille de salaire. Après des encouragements pleins d'attentions qui sonnaient faux, selon un tacite protocole, la parenthèse se refermait vite et avec plus ou moins d'élégance pour en venir au principal, des questions techniques auxquelles je savais seul répondre. Cette indéniable compétence dont je faisais preuve me rassurait, d'autant que je ne pouvais me permettre de perdre mon emploi avec toutes ces factures liées à la maladie de Leslie. C'est à cette époque, je crois bien, que je me suis renié.

– Vous exagérez, Josh...

– Renié, oui, insista Koplovski en jetant à Elisa un regard d'une incroyable dureté, jusqu'à un point de non-retour. Vous savez, cette impression d'être écartelé entre deux parties irréconciliables, comme ce pauvre Salim, écartelé entre deux vies, celle qu'il voudrait avoir et celle qu'il aurait dû avoir, avec ces pulsions de désespéré qui ont failli l'emporter... Personne n'était dupe, surtout pas nos amis, ni sa famille, même si j'étais physiquement chaque nuit à l'hôpital, dormant à moitié sur un lit de fortune. Ils se méfiaient de moi instinctivement, comme les animaux se méfient instinctivement de la cruauté naturelle d'un enfant. Et ils avaient raison : dès que j'ouvrais la bouche à propos de Leslie je donnais l'impression de mentir. La vérité est que je mentais moins à eux qu'à moi-même. Et puis il y a eu cette réunion téléphonique à laquelle Pellegrini a tenu à ce que je participe, un douze février à neuf heures trente…

Koplovski ne pleurait pas. Il avait dû pleurer tant de fois en pensant à ce moment, comprit Elisa. Prenaient part à cette réunion, outre Pellegrini, d'autres grands pontes du groupe que ce dernier voulait sans doute impressionner. Koplovski s'était réfugié dans la salle d'attente de l'hôpital. L'ingénieur, craignant qu'on en profite pour l'évaluer en vue d'une vague de licenciements que les rumeurs annonçaient pour la fin de l'année, avait brillé, débordé de suggestions pertinentes, démontré qu'il connaissait son sujet à fond, détaillant pendant une heure et dix minutes les fonctions de la chaîne de production qu'il avait conçue. Il avait quitté sans même s'en rendre compte la salle d'attente où gémissait une malade pour déambuler dans les couloirs de l'hôpital, marchant le téléphone collé entre l'épaule et l'oreille de long en large comme un fauve en cage, essayant de trouver un endroit au calme, surpris par sa capacité à se concentrer sur le sujet, à user de ce ton à la fois anodin et prétentieux qui était de règle dans le groupe.

Lorsqu'il revint dans la chambre, Leslie était morte. L'infirmière lui dit qu'on l'avait cherché partout, on avait appelé son nom dans les haut-parleurs à travers tout l'hôpital, on avait même appelé son téléphone portable, qui sonnait occupé. Ses derniers mots, toujours selon l'infirmière, avaient été une prière, un « Notre Père » qu'elle avait récité d'un trait avant de fixer à nouveau l'orchidée dans son pot sur le rebord de la fenêtre. Elle regardait encore la plante desséchée lorsqu'il avait pénétré dans la chambre.

– Pourquoi un « Notre Père », je l'ignore, puisque Leslie n'était pas baptisée, et n'avait jamais cru en aucun dieu. Son dernier regard, d'ailleurs, était vide de tout espoir…

Néanmoins, Josh demeurait intrigué par ce « Notre Père ». À ce jour il restait persuadé que cette histoire avait été inventée par l'infirmière. Cette femme qui l'avait plusieurs fois surpris en flagrant délit d'insensibilité dans la chambre de son épouse avait de toute évidence voulu le faire souffrir et avait concocté cette fable. Elle-même devait être une bigote qui tentait d'user de son petit pouvoir auprès de l'entourage de ses patients, dans le dessein de profiter de leur fragilité ; pour les convertir, peut-être.

– Mais le regard, lui, ne mentait pas. Leslie regardait la plante. Quant à cette prière, aurait-elle pu – à mon insu, car je savais à quel point elle haïssait toute idée de religion organisée – profiter de mes interruptions répétées pour convoquer un prêtre, apprendre en cachette un « Notre Père » et se faire baptiser ?

Il partit chercher quelque chose dans ses affaires et revint en tenant un sac en plastique transparent où, expliqua-t-il, l'infirmière avait rangé tous les effets personnels de Leslie.

– Je ne l'ai jamais ouvert.

À l'intérieur du sac Elisa reconnut quelques articles féminins et un livre qui était de toute évidence une bible, mais Koplovski objecta aussitôt que l'infirmière avait très bien pu l'ajouter après coup, pour donner du liant à son histoire, pour fournir une preuve irréfutable.

– Le reste de ma carrière est facile à brosser. Disons que pendant que Leslie tuait le temps dans son cercueil je tuais le temps dans mon minuscule bureau du quatre cent vingt-cinq, le cul dans un fauteuil. Je ne pensais plus à rien, sauf à me venger sur quelqu'un, sur tous sauf moi-même bien sûr. Je voulais être comme elle, faire comme elle. Si elle était morte, alors je ferais le mort. Mon éviction du groupe a eu lieu la semaine dernière, mais elle aurait dû prendre effet il y a deux ans... Bah, on m'a laissé végéter un temps, et puis on a dû penser que mon deuil avait assez duré. J'ai eu alors une réaction violente, absurde. Heureusement, l'étage analogue m'a sauvé. Je lui dois beaucoup...

Quatre heures allaient sonner. Elisa savait qu'elle devait rentrer à l'hôtel, se préparer, décider si elle quittait la ville ou allait à son rendez-vous. Elle ne pouvait rester entre deux mondes indéfiniment.

– Je peux voir ce que vous écriviez tout à l'heure ? demanda soudain Josh. Ça a l'air de vous tenir à cœur.

Un courant glacé traversa la colonne vertébrale d'Elisa.

– C'est assez personnel.

– J'insiste.

Elisa réalisa qu'elle n'avait plus fait confiance à un homme depuis la naissance d'Alice. Mais Koplovski lui redonnait foi.

– Bon... Tenez, tout est là, je recopie tout dans ce carnet. Vous allez trouver ça ridicule, et... Personne, personne...

Elle ne finit pas sa phrase. Pour la deuxième fois de sa vie, Elisa tendit ses notes à autrui. Et à un homme, qui plus est, ce qui encore quelques jours plus tôt lui aurait paru impensable.

Puis, pendant que Joshua Koplovski entreprenait de patiemment replanter le lotus qu'elle avait emporté avec elle jusqu'à l'étage analogue, Elisa raconta à son tour l'histoire qui avait bouleversé sa vie.

10 et demi

Depuis toujours, elle était intimidée par les hommes. Pendant ses études elle avait travaillé comme serveuse de restaurant, comme hôtesse dans des salons, les types la reluquaient, lui mettaient la main aux fesses ; ça n'était jamais bien méchant mais elle avait développé une certaine méfiance envers le mâle. La plupart des garçons qu'elle avait fréquentés apparaissaient d'abord doux, compréhensifs, avant de se révéler violents, égoïstes, possessifs. Et puis un jour elle avait répondu à une offre d'emploi dans les petites annonces. C'était dix-sept ans auparavant, elle venait juste d'obtenir sa maîtrise de sociologie. Au téléphone, le recruteur d'une société d'études de marché qui s'appelait Kushner lui avait demandé si elle avait déjà travaillé dans la communication. Elle avait répondu que non, pas encore, mais que d'une certaine façon tout le monde travaillait dans la communication de nos jours. Au terme d'une conversation laborieuse et plutôt obscure, elle s'était attendue que le recruteur lui dise que tout bien réfléchi, au fond, elle ne convenait pas, mais l'homme avait conclu au contraire d'une voix monocorde qu'elle ferait l'affaire.

Le lendemain Elisa se rendit dans une zone de bureaux en banlieue, à l'adresse que l'homme lui avait indiquée. Le trafic sur l'autoroute était fluide, propice à laisser ses pensées dériver sur cette société qui recrutait activement. Elle imaginait, d'après les descriptions qu'une amie lui avait faites du monde de l'entreprise, une communauté dynamique en permanente ébullition, où collaboraient des hommes et des femmes d'âges, d'origines les plus divers. Elle imaginait des réunions souvent impromptues mais toujours passionnées, parfois houleuses, des coups de gueule et des fous rires.

L'adresse la conduisit à mi-chemin entre la zone d'affaires et la zone industrielle, entre les étangs salins qui bordaient la baie et un gigantesque parc de mobil-homes. La fin du trajet l'avait un peu refroidie. On était bien loin des petits restaurants chics de la marina. Lorsqu'elle se gara, elle regarda pendant un long moment l'immense bâtiment d'au moins trente étages, grandiose mais minimaliste, édifié à la hâte dans les années soixante-dix ou quatre-vingt, comme répondant à une sorte d'urgence désincarnée. Tout autour, les autres bâtiments avaient pareillement été élevés à la va-vite, sans aucun effort d'élégance. On était allé à l'essentiel, poussé par la nécessité impérieuse et tragique du business. Comment pourrait-elle venir ici chaque jour ?

Elle traversa un hall complètement désert, appela l'ascenseur qui s'éleva très lentement. Les portes s'ouvrirent enfin, au trente-septième étage.

– Elisa ?

– Dan ?

L'homme qui lui faisait face avait l'air soigné. Il était grand et mince malgré un embonpoint de quadragénaire bien nourri, bien habillé, portait un pantalon noir et un polo bleu clair parfaitement repassés, ses cheveux noirs étaient plaqués en arrière. Il la regardait avec intensité. Après avoir refermé derrière elle, dans un silence de caveau, la porte qui donnait sur les bureaux, il la précéda. Ils dépassèrent le pupitre de la réception, qui lui aussi était silencieux, et désert.

Comme il lui avait demandé la veille si elle avait des rudiments d'espagnol, elle crut bon de préciser que son espagnol était mauvais. Elle comprenait peu et on la comprenait encore moins, ses interlocuteurs renonçaient en général assez vite et passaient à l'anglais. L'homme répliqua en offrant un mince sourire que, dans ce cas précis, cela n'avait aucune importance. D'ailleurs, la précédente non plus ne parlait pas espagnol.

– La précédente ?

Il respirait bruyamment, elle le sentait nerveux, elle voyait bien que quelque chose lui pesait, mais il devait juger qu'il était trop tôt, ou que le cadre, ou le moment, ne s'y prêtait pas.

Elle le suivit, non sans une certaine réticence, à travers des locaux obscurs, arides et muets. Elle réalisait qu'à cet étage immense il n'y avait qu'eux deux.

Il s'excusa, les bureaux étaient trop grands, on était en pleine phase de croissance, dans un mois, assurait l'homme, ils seraient remplis.

Non merci, elle ne voulait pas de café.

Parmi tous ces cubes vides, il en désigna un. Elle remarqua aussitôt sur le bureau des documents éparpillés et un bouquet de fleurs séchées. Il expliqua que c'étaient les affaires de la précédente. Elle ne viendrait plus les chercher, voilà près d'une semaine qu'elle ne s'était pas présentée. Des problèmes de visa. Elle travaillait illégalement.

– Nous l'ignorions, bien entendu !

Qui était ce « nous » ? Elisa n'écoutait qu'à moitié. Elle se répétait qu'il n'y avait personne d'autre que lui et elle aussi loin qu'elle regardât, peut-être même dans tous ces bâtiments alentour. Pas un signe de vie, pas un signe de beauté, pas un cœur qui battît à des lieues à la ronde sauf le sien et celui de ce personnage étrange qu'était Kushner, ou qui se faisait appeler Kushner, qui travaillait pour la société Zengig, ou prétendait y travailler. Un peu plus tôt, en fin de trajet, elle avait vu une femme qui déambulait à pied, et la présence incongrue d'un piéton dans cette zone d'affaires où ne circulaient que des voitures l'avait effrayée. À présent, le seul souvenir de cette image de la femme seule, aussi seule qu'elle-même dans ce bureau, lui donnait envie de pleurer.

Inconsciemment, elle s'était repliée à l'intérieur du bureau paysager dont l'homme, comme rompu à ce genre de parade, bloquait maintenant l'entrée, tout en expliquant sur un ton professionnel que son travail ne serait pas contraignant. Il ne s'agissait que d'appeler des numéros de téléphone. Les deux mille qui étaient là, sur le tableur, au milieu de l'écran.

– Et que devrai-je leur dire, aux gens que j'appellerai ? bredouilla-t-elle.

En respirant de plus en plus vite et bruyamment, il expliqua qu'elle ne leur parlerait pas, elle ne parlerait à personne, elle appellerait simplement ces numéros. Chaque jour, elle composerait les deux mille numéros de téléphone consignés dans ce tableur.

Les mêmes numéros ?

Les mêmes numéros. Si un numéro répondait aux abonnés absents elle devrait le noter, là, en face du numéro.

Pourquoi ?

C'était ça, la communication, c'était pour des études de marché.

Et si quelqu'un, au contraire, décrochait ?

L'homme était à une vingtaine de centimètres d'elle, debout, Elisa se dit qu'il devait peser quatre-vingt-dix kilos.

Elle le noterait aussi. Mais alors elle devrait immédiatement raccrocher. Ne surtout pas révéler la moindre identité. Ne pas donner le moindre signe d'existence. Juste noter la leur. D'ailleurs, on n'avait même pas prévu de micro, juste un écouteur. Voudrait-elle leur parler qu'ils ne l'entendraient pas.

Elle le regardait qui transpirait abondamment malgré l'air climatisé, elle prenait conscience qu'elle ne savait rien sur lui, que l'offre d'emploi pouvait très bien être factice, tout comme la carte de visite qu'il lui avait tendue.

– Et après ? demanda-t-elle.

Elle essayait de se faire aussi petite que possible sur son siège.

– Après, dit l'homme en s'approchant d'elle dans l'étroit bureau paysager, on recommencera, le lendemain. Les mêmes numéros. On comparera à la veille. On suit les évolutions. On fait les comptes, on agrège, on établit des mesures de parts de marché…

Il allait lui montrer, si elle voulait bien se tourner vers l'ordinateur. Or elle ne voulait pas lui tourner le dos. Elle ne voulait pas, et pourtant elle le fit, et elle sentit aussitôt une main se plaquer sur son épaule gauche.

Elle verrait, on s'y habituait, à ces numéros. À chacun les siens. On trouvait des perles. Parfois, on tombait sur une célébrité, un acteur, un homme politique dont le répondeur trahissait la voix. À mentionner, aussi, le nombre faramineux de numéros de messageries roses. Et puis il y avait les fausses annonces, qui, mais parlons plus bas, cachaient des lignes des services de renseignement ou de la Mafia. Ceux-là, l'homme les sentait immédiatement, il fallait raccrocher aussitôt – pourquoi ? Il ne pouvait en révéler davantage, pour des questions légales.

Pendant qu'il l'aidait, penché au-dessus d'elle, à mettre le casque sur ses oreilles, ajustait le son, et cliquait d'un bout de souris sur le premier numéro de la liste, l'autre main de l'homme se posa sur son épaule droite, descendit, s'inséra dans l'échancrure du chemisier, se glissa sous l'élastique du soutien-gorge. L'appel était lancé, il s'arrêterait automatiquement, après tout au plus trente secondes. Elisa essaya de se dégager, voulut crier, mais l'homme appuya son avant-bras contre sa pomme d'Adam et l'étrangla à moitié. Et puis elle l'entendit défaire sa ceinture, ouvrir sa braguette, dans l'atmosphère lunaire du bureau paysager, à des lieues du moindre signe de vie. Au-dessus de leurs têtes quelque chose se mit enfin à bouger, et elle espéra que c'était quelqu'un, mais ça n'était qu'un rayon de soleil qui avait réussi à percer les nuages poussés par le vent, puis des stores.

À l'autre bout de la ligne on avait décroché, un enregistrement répétait en boucle ce message : « Il n'y a pas d'abonné au numéro que vous avez composé. » Elle cessa de se débattre, elle ne fit que gémir alors qu'il la plaquait contre la cloison branlante du bureau. Il la viola dans le plus grand silence. Elle non plus ne laissait échapper aucun son ; elle voulait qu'il ait le sentiment de la pénétrer par saccades, par à-coups, comme s'il donnait des coups de couteau dans une bête déjà morte.

Pendant les dix minutes et quelques que dura le viol, elle n'entendit, elle n'écouta que ce message qui se répétait en boucle : « Il n'y a pas d'abonné au numéro que vous avez composé. »

Enfin l'homme se rhabilla et disparut, l'abandonnant, pelotonnée sur sa chaise, sanglotante. Le numéro suivant s'était automatiquement déclenché, et au bout de trois sonneries Elisa entendit un « clic » dans son casque, et puis une voix bourrue d'homme à l'accent du Sud, la même voix que son père, qui répétait : « Allô ! Allô ? » Mais elle ne pouvait pas lui parler puisque l'appareil n'était pas équipé de micro.

Elle se réfugia dans l'ascenseur et y resta, au trente-septième étage, pendant une éternité, les portes se fermant et se rouvrant sur le vide toutes les dix secondes, incapable de décider s'il était préférable d'attendre ici ou de redescendre, les deux options la terrifiant autant l'une que l'autre. Recroquevillée par terre dans le fond de la cabine, elle balbutiait sans discontinuer cette phrase : « Il n'y a pas d'abonné au numéro que vous avez composé. » Elle pensait à cette dame respectable qui parlait au téléphone et avait enregistré ce message pour un opérateur, elle l'imaginait mère de famille, la soixantaine, elle pensait à ce ton sincèrement désolé qu'elle employait mais en même temps sévère, un rien outré, pendant qu'elle répétait sa psalmodie, *pas d'abonné, pas d'abonné*, leur intimant de ne plus recommencer, semblant reprocher à Elisa en sous-main sa négligence : quelqu'un d'organisé aurait tenu son carnet d'adresses à jour, ses doigts n'auraient pas fourché et tapé un mauvais numéro. Quelqu'un d'organisé ne serait jamais allé comme elle se jeter dans la gueule du loup.

*

– Neuf mois plus tard, Alice est née, dit enfin Elisa.

Koplovski était la première personne à qui elle révélait son plus grand secret. Elle ne s'était même pas rendu compte qu'ils s'étaient tenu la main pendant toute la conversation, elle avait parlé comme un zombie pendant qu'il demeurait en contemplation devant son champ en germination. Elle se sentait hors d'elle-même, différente. Neuve.

– C'est la première fois que quelqu'un…

Elle ne finit pas, tourna la tête vers l'ascenseur qui était en train de s'ouvrir. Au lieu des visages familiers de MAT ou de Salim, trois hommes en bleu de travail apparurent à mesure que les portes coulissaient. Ils paraissaient aussi surpris que Koplovski et Elisa. Pendant un instant, tout le monde resta figé, et les hommes sortirent enfin de l'ascenseur. Parmi eux Elisa reconnut la face de bébé de Jude, qu'elle avait fréquenté longtemps auparavant, et qui faisait partie de l'équipe de maintenance. Comme Jude la regardait interloqué, elle en profita pour s'engouffrer à l'intérieur et poussa le premier bouton venu. Tandis que les portes se refermaient et que l'ascenseur s'ébranlait, elle n'aurait su dire si elle se sentait aussi coupable parce qu'elle venait d'être identifiée à l'étage analogue ou parce qu'elle venait d'y abandonner son ami Josh.

11

Elisa avait toujours eu une vision vaguement mathématique des tours de bureaux. Comme dans ces problèmes de géométrie avec lesquels elle s'était tant débattue au lycée, ce genre d'édifices n'était pour elle qu'un volume abstrait et hermétique, qui offrait aux intempéries autant de prise que les énoncés sibyllins d'un problème à ses supplications d'adolescente. Mais ce matin-là, lorsqu'elle reprit le chemin de la tour en partie cachée par les brumes matinales, elle réalisa combien le bâtiment s'était transformé depuis le jour où elle avait osé le regarder. Sans doute parce que c'était la dernière fois qu'elle serait acceptée en son sein puisqu'elle allait rendre son badge dans moins d'une heure, elle se sentit pénétrée d'empathie envers ce gigantesque bloc de béton. Le quatre cent vingt-cinq se pavanait, planté en terre comme un bel arbre, ses arêtes plus arrondies qu'à l'habitude, ses vitres réfléchissant avec une inhabituelle désinvolture les couleurs et les formes qui croisaient ses miroirs. Et lorsque Elisa eut poussé la lourde porte et traversé le hall plein d'échos, le rythme des machineries de circulation d'air qui faisaient par intermittences régulières trembler le sol évoqua en elle le pouls d'un être vivant.

Elle prit l'ascenseur, surprise qu'il fonctionne encore, surprise que le mot magique l'amène toujours à l'endroit voulu après la visite de Jude et de l'équipe de maintenance. Elisa n'était plus hantée par la possibilité que l'ascenseur décide de s'arrêter entre deux étages et, après quelques minutes d'hésitation pendant lesquelles elle écouterait balancée dans la cabine au bout des câbles le grincement des mécanismes hydrauliques, la précipite dans le vide. Elle parvint sans problème à sa destination, et se mit à déambuler à travers l'étage brumeux. Elle nota qu'elle ne suait plus, qu'elle n'avait plus du tout peur d'être seule. D'ailleurs elle ne l'était pas. De l'autre côté de la paroi elle remarqua le consciencieux laveur de vitres. Pour lui rien n'avait changé, les vitres seraient toujours aussi sales et le vent de pente toujours aussi dangereux, que l'immeuble renferme deux mille employés ou un seul.

Elle trouva aussi Koplovski, en plein rangement. Il avait posé ses affaires sur une table, et parmi elles Elisa remarqua des billets de banque orange, bleus, verts, sans qu'elle prît la peine de se demander de quelle monnaie il s'agissait. Les yeux de Josh étaient sombres, mais il se tenait très droit debout dans le sable, comme si de rien n'était.

– Ils vont tout détruire, ou tout confisquer, pour raisons d'hygiène. Ils vont mettre les cadenas. Dans quelques jours il n'y aura plus rien, Elisa. Plus rien.

Il dévisagea son amie, remarqua la profondeur de son regard qui semblait appeler à l'aide. Si elle pouvait se confier à quelqu'un, n'était-ce pas à lui ? Mais elle n'eut besoin de rien dire. Comme s'il avait compris – et cet homme comprenait tout –, Koplovski ouvrit ses bras, Elisa se précipita contre lui. On n'entendait rien d'autre à l'étage que leurs respirations saccadées.

– Gardez-moi dans vos bras, souffla-t-elle. S'il vous plaît. S'il vous plaît.

Le corps du retraité était anormalement léger, il flottait dans ses vêtements d'été – si peu appropriés à la saison. Autour d'eux l'éclairage changea, un rayon de soleil avait dû réussir à percer au travers des nuages, puis à se faufiler au travers des stores. Elisa ne savait pas si elle avait envie de rire ou de hurler, en tout cas les sons avaient du mal à sortir de sa bouche, elle ne faisait que murmurer une phrase inaudible.

Koplovski allait enfin dire quelque chose lorsque les portes de l'ascenseur s'ouvrirent sur le reste du groupe. Ils se détachèrent l'un de l'autre. Elisa n'avait jamais été aussi heureuse de voir ses compagnons, d'autant plus que MAT s'était joint à eux, mais Koplovski les regarda sans les saluer. Il se tenait maintenant au milieu de l'étage les mains sur les hanches, et seul Salim s'autorisa à le railler sur son étrange habillement : il était coiffé d'un chapeau de paille conique comme en portent les agriculteurs sous les latitudes tropicales d'Asie, vêtu d'un T-shirt bleu blanc rouge où s'affichait une tour Eiffel de l'abdomen à la base du cou, d'un short bleu dont pendait encore l'étiquette du prix, et chaussait des espadrilles toutes neuves – Elisa se demanda où il avait bien pu les acheter, même en ligne elles étaient devenues introuvables. La veille, Koplovski portait un pull en laine, un anorak des poches duquel dépassaient un bonnet et des gants de cuir, qui même en février dans cette région du monde étaient inutiles. Ses compagnons n'avaient pas osé lui faire de remarques sur cet accoutrement anachronique, craignant que leur ami ne présente les signes précoces de certains troubles de mémoire communs après un certain âge.

On ne pensait qu'à la fermeture imminente de l'étage, et chacun avança des solutions de son cru pour empêcher ou au moins retarder l'opération. Salim suggérait plutôt de partir tous ensemble à travers la ville, le monde s'il le fallait, chercher un autre étage analogue, ce qui arracha un sourire ému à Koplovski. MAT, d'ordinaire si discret, attribuait à l'étage analogue des pouvoirs surnaturels qui expliquaient peut-être selon lui son voyage manqué à Riga.

Au bout de dix minutes Josh les interrompit, le regard illuminé :

– Vous ne comprenez pas…

Ses épaules, qui depuis quelques jours s'étaient affaissées, se redressèrent, ce visage qui avait vieilli de dix ans rajeunit soudain. Il déclara :

– J'ai trouvé l'explication.

Il s'avança vers le fond de l'étage, invitant à sa suite le petit groupe, qui s'exécuta après une hésitation. On s'attendait peut-être à ce qu'il aille creuser dans le sable et en fasse surgir un coffre-fort, un trésor, un livre à couverture de cuir aux pages jaunies qui fournirait une raison logique à cet étage sorti de nulle part. Cette perspective remplit Elisa d'anxiété : elle aurait préféré ne jamais savoir, elle aurait tant voulu que l'étage analogue préserve son mystère à jamais ; car si ce mystère-là était expliqué alors tous les autres mystères, des tours de magie à la légende du Loch Ness, des racines de la langue basque aux statues de l'île de Pâques ou aux origines de l'état amoureux, seraient menacés ou perdraient leur charme. Or, à son grand soulagement, Koplovski traversa l'étage jusqu'à son extrémité nord, ne s'arrêtant que devant la porte que le premier jour ils n'avaient pas tenté de déverrouiller puisqu'elle donnait sur le vide. Elisa pour la première fois prêta attention à l'issue. Elle était peinte d'un vert bouteille qui jurait avec les tons grisâtres de l'étage, et devait avoir été coulée dans de la fonte, matériau d'usage peu courant dans ce cas. D'énormes clous gris très rapprochés les uns des autres la cerclaient, finissant de lui prêter l'apparence d'un sas de sous-marin. Elisa remarqua enfin, comme les autres sans doute, que le sable à cet endroit avait été souvent foulé : il était piétiné de multiples traces de pas aux empreintes différentes. Leur faisant face, Koplovski s'appuya du dos contre la porte métallique, déplaça sa main gauche derrière lui vers la poignée, la tourna. Aussitôt, tous se précipitèrent pour le retenir, car on s'attendait à sentir le vent s'engouffrer avec voracité et le happer dans le vide. Mais rien de tout cela n'arriva.

*

Au lieu de céder à la différence de pression qui à cette hauteur aurait dû déchaîner des forces formidables, la porte s'ouvrit calmement, sans le moindre grincement. Au lieu des rafales de vent, au lieu des hurlements terribles que pousse l'air lorsqu'il vient à manquer à lui-même, ils découvrirent un espace vers lequel Koplovski, en se courbant à la manière d'un majordome obséquieux, les invita à le suivre. Puis il referma la porte et on s'aperçut que l'on était tout simplement de retour dans le lieu qu'on venait de quitter. Ils se trouvaient en effet encore à l'étage analogue, même s'ils étaient passés de l'autre côté. Ce constat était bien moins déconcertant qu'on ne pourrait l'imaginer – l'admission si rapide par leur conscience de cette absurdité comme un fait plausible était en elle-même bien plus déconcertante, révélatrice de l'extrême fragilité de l'intelligence humaine, comme si ce qu'on appelle la « réalité » n'était, comme le disent les bouddhistes, qu'un rêve de plus.

Pendant une longue minute on observa rassuré les familières dunes de sable, les cloisons. Enfin on saisit que certains détails manquaient, notamment les outils de Koplovski, la radio de Salim.

– Mon Dieu…

C'était Elisa, qui avait la première remarqué, au fond de l'étage, le petit séquoia qui y poussait. Ses branches ondulantes couvraient le flot d'une petite crique bruissante, des lilas parfumés entouraient l'arbre, et Elisa crut même entendre le léger sifflement d'un oiseau dans le ramage, une crécelle peut-être.

– Mais comment... ?

Elle allait avancer vers le jardin lorsque MAT, d'ordinaire si calme, s'exclama en lui retenant le bras :

– Bon sang ! Mais bon sang !

Il désignait, incrédule, d'un geste circulaire, la vue qui les cernait.

Elisa et Salim mirent un temps infini, une éternité délicieuse, à réaliser. Ainsi notre raison peut-elle se trouver anéantie puis rebâtie en l'espace d'un instant, ainsi cet instant peut-il durer plus qu'une vie et défier ce temps que l'on voudrait tant linéaire. Et dans cet instant le monde tel qu'ils le comprenaient, le monde tel qu'on le leur avait appris depuis qu'ils étaient en âge de se souvenir, partit en miettes et se reconstruisit, mais d'une façon différente. Elisa s'approcha de la paroi vitrée et y colla le front. Elle observa les dizaines de milliers de petites maisons agglutinées le long de rues en colimaçon convergeant vers la base de la tour. Elle observa, en bas, les petites voitures rouges ou jaunes, presque toutes des taxis, ainsi que l'essaim de motos, de mobylettes, de scooters et de vélos, la plupart chargés de volumineux fardeaux et slalomant parmi des nuées de piétons affairés. Elle observa la brume de pollution qui s'étalait à perte de vue, les fumées d'usines dans le lointain, les hangars gigantesques alignés au bord d'un fleuve épais où se suivaient à distance respectable d'énormes cargos et porte-conteneurs, entre lesquels s'insérait parfois un petit voilier à voile triangulaire rouge dont la coque exagérément incurvée rappelait les courbes très prononcées des toits des rares maisons en pierre que comptait cette ville. C'était une ville, mais pas celle où se dressait la tour.

– L'Asie... murmura MAT.

– La Thaïlande ? précisa Salim.

– Voulez-vous venir avec moi déguster les meilleures friandises du quartier ? proposa Josh.

Après un moment de flottement on s'exécuta et le petit groupe se dirigea vers l'ascenseur. Alors que la cabine – qui, sans qu'on pût jurer que c'était la même, était identique en tout point à celle qu'ils avaient l'habitude d'emprunter – descendait, Koplovski expliqua que le mot de passe habituel fonctionnait, mais qu'il en avait récemment appris un autre, même s'il n'arrivait toujours pas à le prononcer correctement. Sous le choc, ses amis omirent de lui demander comment il l'avait découvert.

Parvenus en bas, ils traversèrent un hall similaire à celui qu'ils avaient traversé le matin même, sauf que ceux qui l'arpentaient formaient une foule plus dense, plus pressée, et presque exclusivement asiatique, vêtue d'un complet ou d'un tailleur noir et d'une chemise ou d'un chemisier blanc. De même que l'étage qu'ils venaient de quitter n'était peut-être pas exactement le même, ce vaste espace aux hauts plafonds semblait avoir été conçu, comme un hall de gare ou d'aéroport, pour ne jamais accrocher le regard du visiteur et pouvoir dans la mémoire de ceux qui le traverseraient se confondre avec n'importe quel autre hall. Ce devait être de ce genre d'amalgames, d'indolence des sens, que profitait, pour se faufiler dans tous ces espaces, le principe analogue.

Dehors, une canicule humide les saisit, et l'on dut vite aller acheter des chapeaux de paille chez un marchand qui accueillit Koplovski avec familiarité suggérant une visite précédente récente. Puis on marcha à travers les rues bondées, chacune ne proposant pendant un ou deux kilomètres qu'un seul type de commerce, celle-ci uniquement des électriciens, celle-là des équipements de maçonnerie, jusqu'à un marché permanent où s'étalaient à perte de vue, retenus par des crocs de boucher, divers mammifères rôtis parmi lesquels Elisa crut remarquer des chiens. Koplovski les devança jusqu'à une boulangerie, sortit des sous de sa poche et distribua une sucrerie blanchâtre que les autres trouvèrent légèrement écœurante, mais on ne voulait surtout pas décevoir le guide.

– Le meilleur gâteau de riz de Canton, lâcha enfin Koplovski.

*

Il faisait tellement chaud que l'on revint assez vite à l'étage analogue, les vêtements collés à la peau. Là, le jeune séquoia et son ruisseau les attendaient, ainsi qu'une dame en jean et polo qui s'affairait dans le jardin et leur adressa un bref signe de tête. Menue, muette, un large sourire éclairait son visage.

– Je vous présente Myong, dit Koplovski.

On vint à sa rencontre, on procéda à des serrements de main et des hochements de tête polis, puis elle s'en retourna arroser ses plantes. Elle s'occupait du jardin presque chaque jour. Myong ne parlait pas anglais, mais Koplovski assura qu'elle et lui parvenaient à très bien communiquer.

– Travaille-t-elle dans la tour ? demanda Salim.

– À une époque, oui, elle y a travaillé, mais c'était il y a longtemps. Maintenant, elle occupe le plus clair de son temps à voyager.

Il faillit ajouter un commentaire à son explication mais se retint, de peur peut-être d'aggraver la confusion dans laquelle il avait plongé ses compagnons. Il se doutait qu'ils se demandaient en particulier depuis combien de temps il avait découvert le passage analogue, et lui en voulaient de ne pas les avoir mis plus tôt dans le secret. Le retraité prit les devants, et avoua que c'était d'abord dans un moment de faiblesse, à la fin d'une nuit passée à l'étage couché sur une simple couverture de laine, qu'il avait éprouvé le besoin morbide d'affronter le vide et déverrouillé la porte à coups de tenaille. Il avait découvert cet espace presque identique à celui qu'il venait de quitter. Après une période de confusion qui avait duré deux jours et deux nuits sans manger ni dormir, il avait finalement pénétré dans l'espace analogue et pris l'ascenseur jusqu'au rez-de-chaussée. Il s'agissait d'abord de vérifier que le phénomène était reproductible, et fiable, et d'être certain que l'on pouvait reprendre l'ascenseur jusqu'à l'étage analogue et repasser la porte. Voulant d'autre part s'assurer que son corps s'acclimaterait à des décalages horaires d'une telle intensité, il avait procédé à plusieurs voyages dont il avait chaque fois accru la durée, à la façon d'un plongeur en scaphandre qui pour accroître la profondeur de sa plongée augmente la durée des paliers de décompression. Il était même allé jusqu'à passer deux examens médicaux, chez son médecin traitant et puis à Canton, à une heure et quelques d'intervalle.

– Et je suis en parfaite forme, ici comme là-bas, conclut-il. Aucun effet secondaire jusqu'à présent.

Effectivement, maintenant que l'on se retrouvait dans l'air climatisé de l'étage analogue et que l'étouffement dû à l'air saturé d'humidité s'était atténué, force était de constater que tout le monde se sentait bien. On restait pourtant silencieux, les questions se bousculaient dans les esprits, et Salim fut le premier à céder aux pièges de la logique cartésienne :

– Pourquoi Canton ?

En guise de réponse, Koplovski sauta d'un pas léger jusqu'au sas en fonte, l'ouvrit, les invita à nouveau à le suivre, puis le referma. Il ne fallut pas longtemps aux autres pour constater que, une fois de cet autre côté de l'étage analogue, on ne se trouvait plus à Canton mais dans une métropole occidentale, sans doute européenne à voir l'âge des bâtiments alentour. Les noms fusèrent : Berlin, Liverpool, Stockholm, jusqu'à ce que MAT finisse par reconnaître les collines de la Croix-Rousse, le Rhône qui serpentait au loin. Ils se trouvaient dans le World Trade Center du quartier d'affaires de Lyon Part-Dieu, où lui-même avait passé une heure pour une réunion avec un investisseur français cinq ou six ans plus tôt.

Vingt minutes plus tard, attablés dans un petit bouchon de la Croix-Rousse devant un côtes-du-rhône, ils discutaient avec déjà une certaine nostalgie, et non sans amertume, des voyages qu'ils auraient pu accomplir à travers le monde si l'étage n'avait pas été condamné. Salim, après un moment de réflexion, soutint que, s'il existait un étage analogue, il devait en être de même d'autres lieux ou objets interchangeables : l'analyste énuméra, dans le désordre que lui dictait son imagination, les toilettes, les salles de bains, les garages, les caves… À titre d'exemple, les voitures, les avions ou les bateaux, surtout ceux fabriqués en série sur une chaîne de production, constituaient les preuves par la limite du phénomène analogue, dans la mesure où en général on en sortait rarement au même endroit que celui où on y était rentré. Déjà il avait arraché un bout de la nappe en papier et avec l'assistance de Koplovski commençait à dessiner une carte mondiale des réseaux analogues, qui ressemblait un peu à celles publiées par les compagnies aériennes pour indiquer, au moyen d'un faisceau de lignes incurvées, les multiples destinations reliées depuis leur hub.

MAT, qui était demeuré dans un coin de la table sans participer à la conversation, perdu dans ses pensées, interrompit soudain Salim sans même s'en apercevoir :

– Ce sont les plantes, n'est-ce pas ? demanda-t-il à Koplovski.

– Les plantes ? répéta Salim, intrigué, quoiqu'il commençât lui aussi à comprendre.

Et tout leur parut soudain à nouveau logique, et naturel, comme une nouvelle formule de physique qui dans son équation embrasse non seulement tous les phénomènes du domaine précédemment expliqués, mais encore de nouveaux jusque-là inexpliqués.

12

Si le concept des jardins planétaires avait toujours existé, il n'était devenu une science qu'au dix-neuvième siècle, quand des ingénieurs agronomes de génie avaient pu dans de gigantesques laboratoires botaniques à ciel ouvert faire cohabiter des plantes australes avec des arbustes méditerranéens, des saules japonais avec des chênes californiens, à condition que les climats et les terrains s'y prêtent quelque peu. Pareillement, une tour de bureaux peut indifféremment pousser en Asie ou en Afrique sans que son apparence extérieure change vraiment, ni son agencement intérieur (lui-même composé de bureaux partagés interchangeables), ni ses mouvements internes, ni ses activités, non plus que la langue qu'on y parle, ce genre d'édifice abritant la plupart du temps des multinationales où toute communication se fait en anglais. Selon Koplovski, bientôt approuvé par ses compagnons, une même loi devait régir le phénomène des tours multinationales et celui des jardins planétaires. Cette loi permettait d'établir un passage entre des lieux complètement disjoints, voire distants de dizaines de milliers de kilomètres. Ainsi, exactement comme l'avait deviné MAT, les lieux où la tour les faisait voyager possédaient toujours un point commun avec les plantes qu'on y faisait pousser. Par exemple, Koplovski ne doutait pas que le lien avec Canton s'était établi grâce au lotus du jardin d'Elisa. La fleur, qui se portait à merveille malgré sa transplantation dans le coin nord-est de l'étage, provenait de Chine, probablement de la province de Guangdong, ce qui laissa Elisa de nouveau rêveuse au constat que des vents favorables étaient parvenus à transporter une graine depuis les mers du Sud jusqu'à la plage qui bordait sa maison. Josh ajouta que, après vérification et au gré d'un hasard courant dans l'économie mondiale, le sac de blé qui traînait dans le coffre de sa voiture ne venait pas du Midwest américain mais de Bourgogne, du bas Mâconnais, du nord de Lyon donc, à une cinquantaine de kilomètres de la tour Part-Dieu. Cette révélation provoqua un débat passionné : on s'empressa de planifier les semailles de café de São Paulo, de cactus du Mexique, de maïs marocain, afin de se rendre dans toutes ces destinations exotiques, puisqu'il semblait suffire, sans que les graines eussent à germer, de semer à l'étage analogue pour que celui-ci ouvre un passage à leur terroir d'origine.

– Hélas, je ne crois pas que nous aurons le temps, les calma Koplovski. Les équipes viennent dans moins de deux jours, vous avez vu comme moi la note à la réception.

On réfléchit aux différents scénarios possibles, mais même MAT paraissait en panne d'idées. Soudain Elisa frappa bruyamment ses mains l'une sur l'autre :

– Jude !

– C'est qui Jude ?

– Un ancien ami. C'est lui qui m'a fait recruter dans le groupe. Il est en charge de la maintenance de cet immeuble.

*

Lorsqu'il était apparu à l'étage analogue, Elisa avait réalisé qu'elle n'éprouvait plus aucun sentiment pour lui. Ce n'était pas un méchant homme, quand il appelait pour prendre des nouvelles elle pouvait deviner dès les trois premières secondes s'il avait bu ou non, et à jeun ou non elle le laissait parler parce qu'elle savait combien il était malheureux. Mais la conversation finissait toujours mal, il accusait Elisa de l'avoir ignoré, de l'avoir poussé vers la bouteille, et il est vrai qu'elle ne s'était jamais sentie à l'aise en sa présence, même quand ils dormaient, même quand ils faisaient l'amour. Malgré cela Jude ne désespérait pas qu'ils se remettent un jour ensemble, et ce fut sans doute l'une des raisons pour lesquelles il répondit immédiatement au SMS d'Elisa et accepta sa proposition de déjeuner ensemble, à condition qu'il choisisse le restaurant.

À midi et demi elle descendit jusqu'au hall et sortit sur l'avenue, puis bifurqua dans une contre-allée. Jude ne lui avait pas donné rendez-vous dans un restaurant, mais dans une gargote d'aspect peu fréquentable. Elle le chercha du regard à travers les tables inoccupées, l'aperçut enfin au bout d'un interminable comptoir vide et poussiéreux. Son ancien compagnon paraissait effondré. Elle le trouva pâle, anormalement pâle. Alors que d'ordinaire il était toujours bronzé – de ces bronzages qui comme des carapaces cherchent à dissimuler une certaine faiblesse de l'âme – il lui apparut livide. Il avait même un aspect tragique, accentué par des joues creuses et ce regard noir qu'ont les bêtes affamées en hiver. Il ne parut pas se souvenir de l'avoir croisée à l'étage analogue, en tout cas ne mentionna ni l'incident ni l'étage, et pendant un bon moment se contenta de répéter cet adjectif, « catastrophique » : ce qui venait de lui arriver était tout simplement catastrophique… Elisa savait combien malgré ses cent dix kilos et son mètre quatre-vingt-dix cet homme était fragile ; il éclatait volontiers en sanglots, pour un rien. Sans leur adresser la parole, le barman leur servit deux cocktails couleur d'ambre.

– … m'ont viré ! Et tu sais quoi, Elisa ? Ils ne m'ont rien donné ! Même pas une semaine. Rien !

Elisa observa sa mine défaite, les cernes noirs sous les yeux, les trois sillons creusant le front. Depuis quand était-il dans ce bar ?… Elle regarda le barman, un gros type chauve à barbichette. Les deux hommes avaient l'air de bien se connaître. Elle se demanda si son ancien partenaire avait l'habitude de passer ses après-midi dans des bars au lieu de pointer au quatre cent vingt-cinq. Elle se demanda pourquoi ce *dive* plutôt qu'un autre. Pour le cocktail couleur d'ambre peut-être. Très corsé ; très amer aussi.

Jude poursuivait, non sans éprouver certaines difficultés d'élocution :

– Tu réalises, Elisa ? Après douze ans de boîte ! Et dire que c'est moi qui t'ai obtenu ton boulot, et que tu y es encore, et pas moi…

– Pas pour longtemps, rassure-toi..

Son portable sonnait toutes les deux minutes, mais il n'y prêtait pas la moindre attention. Elisa tenta de le rassurer :

– Ne t'inquiète pas. Tu trouveras autre chose.

– Elisa, ils ne comprennent pas que je suis capable de…

– De quoi ? Qu'est-ce que tu racontes ?

Il sourit tristement. Il avala son verre d'un trait, but le restant de celui d'Elisa qui venait de le pousser devant lui, commanda deux autres cocktails couleur d'ambre, la regarda à nouveau dans les yeux. Il raconta la triste histoire d'Eric Fang, un manutentionnaire qui s'était tiré une balle dans la bouche dans son bureau six mois plus tôt. Depuis, les ressources humaines étaient aux aguets.

– Mais Fang était burnt-out, répliqua Elisa.

– Mais moi aussi je suis burnt-out ! protesta-t-il.

– Est-ce que c'est une raison pour se foutre en l'air ? Non ! D'ailleurs, est-ce que tu ne me disais pas toi-même que l'ambiance était devenue vraiment dégueulasse dans le groupe ? Dans deux mois, tu en rigoleras…

Pendant qu'il racontait en détail son licenciement, ne démordant pas de l'analogie de son destin avec celui du malheureux Fang, Jude se penchait de plus en plus vers Elisa. Elle ne supportait pas que cet homme, que n'importe quel homme, soit aussi proche d'elle.

– … Parfois on n'a simplement plus la force ! Ce n'est même pas que l'on n'a plus envie, mais on n'a plus la force de rattraper leurs conneries ! Un rien peut me faire basculer, tu comprends, Elisa ? Un rien !

Il posa la main sur celle d'Elisa, qui sursauta, comme si elle avait été mordue par une araignée, et aussitôt eut envie de la retirer, instinctivement. Mais elle la lui laissa, abandonnant ses doigts moites à la grande paume glacée.

Après un silence, Jude reprit :

– Et tu sais quoi ? L'envoyé de la holding, il ne connaît rien à la boîte. Il te convoque dans une salle de réunion, et là, en ratissant son petit jardin japonais, il t'exécute calmement en douze minutes. Terminé.

Elisa avait tressailli.

– Il s'appelle comment ?

– Matt. Enfin je crois… Mais tu sais, j'ai peut-être déjà trouvé autre chose, une start-up dans le sud de la baie, à Menlo Park. Ils cherchent du monde. Ça t'intéresse ?

Elisa plongea la main dans son sac, sortit la carte de visite que Michael lui avait donnée lors de leur première rencontre, et lut : *Michael Aaron Thomas, « MAT », executive.*

– C'est lui ?

Mais Jude s'était déjà levé en direction d'un vieux juke-box des années soixante. Il lança un morceau des Ramons puis commanda deux autres cocktails couleur d'ambre. Apparemment il avait l'intention de boire jusqu'au soir ; peut-être buvait-il tous les jours du matin jusqu'au soir. Une Amex Corporate aux reflets argentés sortit de sa poche, passa de sa main à celle du barman, selon un geste apparemment routinier.

– Tu sais ce que c'est, pour moi, aujourd'hui ?... La fin de l'innocence, Elisa ! Ils me rendront des comptes !

*

En retournant vers le quatre cent vingt-cinq elle jeta un regard de défi en direction des cent cinquante mètres de béton armé. Le volume, compact, aux arêtes acérées, découpait autour de lui des zones d'air aussi denses et anguleuses, aussi inaltérables que sa propre masse. La perfection de cette géométrie, son énormité, remplit Elisa de courage alors qu'elle traversait par des escaliers la vaste margelle de marbre qui entourait l'édifice. Elle poussa sans effort l'épaisseur formidable de la porte en verre, et une fois dans le hall ses pas résonnèrent d'une tonalité plus régulière, plus rythmée. L'ascenseur se présenta, ouvert, vacant, l'attendant elle et elle seule. Elle appuya sur le bouton du trente-septième étage et la cabine entama son ascension. Elisa ne suait pas, elle n'éprouvait même pas l'envie de se déchausser, de poser ses pieds nus sur le sol. Elle ne pensait à rien.

Voilà, elle y était, elle ne tremblait toujours pas. Elle venait d'enfin pénétrer au trente-septième étage du quatre cent vingt-cinq.

D'une main glacée elle ouvrit une porte qui donnait sur des bureaux. Personne ne s'y trouvait encore apparemment sauf la réceptionniste, qui parut surprise parce qu'il était très tôt. Elisa lui fournit son nom, expliqua qu'elle avait, ou avait eu, il y a longtemps, un rendez-vous. Puis elle avisa une banquette et s'assit, jeta un coup d'œil vers la fille absorbée par une vidéo sur son portable. Elle ne pouvait s'empêcher de penser à tous ceux qui avaient perdu leur poste les derniers jours, à tous ceux qui allaient le perdre, à cause de MAT. À l'idée que c'était lui le bourreau, et que la tour continuerait à fonctionner sans véritable changement malgré toutes ces vies soustraites à son appétit, un frisson la parcourut. Le lendemain, après son licenciement, elle-même passerait devant le bâtiment, s'arrêterait un moment par habitude, puis pour la première fois continuerait son chemin sans pénétrer à l'intérieur. C'était impensable, mais de la même façon qu'il est impensable d'admettre que le monde, une fois que l'on est mort, continue de tourner comme si on ne l'avait jamais visité.

La réceptionniste se leva, approcha, la pria de la suivre jusqu'à une salle de réunion où elle la laissa seule. Elisa regarda les secondes, puis les minutes, s'écouler sur l'horloge pendue au mur. Il n'y avait rien d'autre sur quoi accrocher son regard : la table devant elle était lisse, sans aspérités, sans irrégularité. Les murs et le plafond étaient de la même matière, sans décoration, comme selon une volonté de renier le passé, et peut-être même la notion d'âge, d'histoire. Elisa se sentit seule, aussi seule que si elle avait été enfermée vivante dans un cercueil. Puis la porte s'ouvrit sans bruit.

Au lieu du petit manager à la tête carrée qu'elle avait rencontré le premier jour ou du directeur Pellegrini qu'elle connaissait de vue, un homme très grand et mince d'une trentaine d'années apparut, se présentant comme un consultant des ressources humaines, accompagné d'une petite femme boulotte en jean et veste de tailleur qui sans donner son nom serra la main d'Elisa d'un air compassé, comme si elle tenait à lui montrer qu'elle était en conflit avec ce qu'elle s'apprêtait à faire. L'homme referma la porte aussi délicatement que si l'on veillait un mort dans une pièce adjacente, puis les deux représentants de la DRH s'assirent après avoir échangé un rapide coup d'œil. L'homme laissa passer un silence ; enfin, d'un signe de tête, il invita la petite femme boulotte à allumer son ordinateur. Sur l'écran un slide s'affichait, avec pour tout contenu son nom, Elisa Vallonne, en caractères gras et en majuscules.

– Nous avons fait un trois cent soixante. Cela consiste à sonder votre entourage. Vos collègues mais aussi vos connaissances, vos amis, certains membres de votre famille ont répondu de façon anonyme.

– Ah bon.

Elisa apprit que l'enquête avait démarré trois mois plus tôt, qu'elle comptait vingt-trois participants. L'impression générale était positive, si ce n'était certaines suspicions exprimées quant à sa fragilité nerveuse.

– Êtes-vous burnt-out ? demanda l'assistante en fronçant exagérément les sourcils.

Elisa secoua résolument la tête. Des larmes se formaient autour de ses yeux, elle se mordit la langue pour ne pas éclater en sanglots. Elle tâta les poches de son tailleur, tâta ce morceau de papier sur lequel, pendant qu'elle attendait, elle avait écrit : *Ils se nourrissaient d'amalgames, l'équilibre de leur royaume comme celui de Babel tenait à de piètres artifices, et c'est à eux qu'il dut son effondrement.* L'homme poursuivit son analyse, chiffres à l'appui. Elisa faisait semblant d'écouter, tout cela était très abstrait, quand on parlait d'êtres humains les chiffres l'avaient toujours crispée, surtout ceux à virgule, ils faisaient naître en elle un doute, une méfiance inexplicable. C'était une autre tare qu'elle n'oserait jamais confier à personne, surtout dans un groupe financier. Comment, avec tous leurs paramètres, ne l'avaient-ils pas démasquée, cette hantise du chiffre ? On avait donc – c'était le dernier slide – conclu que son poste n'était pas en adéquation avec ses qualifications et sa personnalité. N'y tenant plus, Elisa poussa un grand soupir, se leva.

– Finissons-en, s'il vous plaît. Combien de temps ?...

– Vous êtes promue, s'empressa de corriger le consultant. Nous vous offrons un poste de direction.

Elisa sentit la sueur couvrir le haut de son front. Les deux autres échangèrent un rapide regard contrit, satisfaits de cette réaction qui leur donnait raison : en effet, cette femme ne paraissait pas très stable.

– Une promotion… murmura Elisa.

– Aux ressources humaines, continua l'homme.

– Vous semblez secouée, reprit la femme sur un ton contrit. Ça va aller ?

Ils se mirent à décrire à Elisa sa nouvelle fonction, à laquelle elle ne comprenait pas grand-chose, sauf qu'elle avait davantage à voir avec la gestion de personnes que de chiffres. Puis ils se levèrent et, après s'être inclinés légèrement, l'invitèrent à quitter avec eux la salle de réunion.

– On vous raccompagne ?

Par pudeur ou par simple indifférence ils s'étaient plongés d'un air exagérément soucieux dans leurs portables, ce qui permit en tout cas à Elisa de donner libre cours à ses émotions. Mais elle se contenta de fixer avec conviction un point imaginaire au milieu de la paroi métallique, sans rien d'autre à se mettre sous la dent que le bruit de la clim amplifié par les conduits d'aération. Puis elle eut une idée, sortit son bloc-notes, écrivit.

– Qu'est-ce que vous notez ? demanda la femme.

– Qu'est-ce que ça peut bien vous faire ?

Elle n'aurait su dire, de cette expérience au dénouement pourtant si inattendu, pourquoi elle faisait encore monter l'angoisse en elle, plaquait de sueur sur son corps son soutien-gorge, sa culotte, son chemisier comme un filet dans lequel elle serait empêtrée. Elle savait une chose : c'était la fin d'une partie de sa vie, le début d'une autre. Elle regretterait l'étage analogue, Josh Koplovski, Salim Fazell, et même Michael Aaron Thomas, l'artisan de l'hécatombe du quatre cent vingt-cinq. Étrangement, c'était donc lui le bourreau. Mais c'était peut-être aussi celui qui changeait son destin, l'avait fait promouvoir au lieu de provoquer son licenciement.

Elle sortit de la salle de réunion, marcha lentement jusqu'à l'ascenseur. Et puis elle s'immobilisa.

– Elisa…

Il était apparu sans bruit, raccompagnant un directeur qu'Elisa connaissait de vue, sortant d'un bureau gigantesque dont la moquette était bien plus épaisse que dans les autres bureaux, mais surtout d'un bleu si clair que l'architecte d'intérieur n'avait certainement pas envisagé qu'il pût jamais y accueillir des semelles crottées. La rage colora le visage d'Elisa de taches rouges autour des pommettes et en haut du front. MAT allait penser qu'elle lui courrait après pour son titre, pour cette emprise qu'il croyait sans doute posséder sur elle.

– Je n'ai rien à voir avec… s'empressa-t-il de dire.

Le ton humble, presque implorant, surprit la réceptionniste qui derrière son comptoir s'attarda un moment sur cet échange inhabituel.

– Je vous crois, répondit enfin Elisa.

Elle avait tellement envie que cela soit vrai. Et pourtant elle ajouta :

– Ce que vous venez de faire pour moi, faites-le pour les autres.

– Les autres ? demanda MAT, qui regretta aussitôt sa question.

Elle lut dans ses yeux de repenti qu'il n'avait sans doute jamais eu vraiment l'intention concrète d'aider Salim, et n'avait jamais songé à promouvoir son judicieux projet au sein du groupe. À vrai dire, pendant ces dernières semaines, il avait continué à échafauder le plan de licenciements avec Pellegrini comme si de rien n'était, prétextant qu'il était trop tard pour changer quoi que ce soit.

– Oui. Tous les autres.

13

C'était la première fois de sa vie que Salim pénétrait dans la salle de réunion du directoire. Le front couvert de sueur, les cheveux exagérément gominés, les bourrelets de graisse dépassant de son costume vert élimé, l'analyste avança d'un pas maladroit jusqu'au bout de la table, la main droite agrippant son Notebook. Son regard, d'abord accroché à celui de MAT, qui après des heures de discussion avait fini par le convaincre de participer, dériva au moment de s'asseoir vers l'assistante marketing, une blonde bien en chair qui respirait bruyamment. Par réaction peut-être contre cet univers aseptisé, Salim Fazell se mit à considérer sa collègue en tant que femelle, à imaginer ses seins lourds, sa croupe large. Sous des dehors très respectueux et polis le jeune homme était parfois sujet à ce genre de distractions. En pleine réunion projet, sirotant son thé vert, il recensait des images obscènes d'orgies, de fornication sous cocaïne. L'analyste avait même remarqué que plus il excellait dans l'exploration de termes abstraits et dans l'art d'augmenter exponentiellement l'EBITDA du groupe, plus il se représentait les détails d'une entrevue fictive avec trois ou quatre amazones, invariablement belles et bronzées en intégral, suggérant l'existence d'une secrète latitude tropicale sous laquelle ces femmes vivraient rassemblées de façon tribale, demeurant nuit et jour nues – entrevue fictive dans le sens où, même s'il succombait souvent au plaisir coupable devant son PC d'entreprise Dell, Salim était incapable de faire des avances à une femme. En homme moderne, il avait appris à cultiver le talent de l'illusion jusqu'à savourer le délice ultime de se mentir à lui-même, et ce fut peut-être cette illusion qui lui permit d'affronter le regard outré de tous ces directeurs et vice-présidents qui le pensaient licencié et oublié et lui donna la contenance nécessaire à ce moment historique.

– Dans une heure, nous aurons terminé, annonça Pellegrini avec un sourire de tueur en série.

Dans l'espoir d'oublier la douleur qui lui enserrait le crâne, MAT concentra son attention sur les retardataires qui pénétraient dans l'immense salle de réunion Mahatma-Gandhi. On se saluait d'un signe de tête, on effectuait le tour de la table en tendant sa carte de visite à son homologue dans un bref chuchotement, des deux mains et la tête penchée comme un prêtre tend l'hostie. Le sens du cérémonial poussa la secrétaire à fermer la porte, doucement, lentement, comme si nul hors de cette salle ne devait savoir que cette porte était en train d'être close, tandis que quelqu'un d'autre, sans avoir échangé le moindre mot avec elle, baissait les stores. Un frisson parcourut l'assistance à l'instant où la lumière s'éteignit et où Pellegrini sans un mot mit le projecteur en marche pour le connecter à son ordinateur portable. Ignorant les regards interrogateurs qui se posaient en alternance sur le directeur et sur lui, MAT sortit de la poche intérieure de son costume sa petite boîte en bois d'acajou rouge. Cela devait bien faire deux semaines qu'il ne l'avait plus touchée. Il la posa sur la table devant lui, ouvrit délicatement le couvercle et commença à dessiner de jolies courbes dans le petit carré de sable à l'aide du râteau miniature assorti. Ratisser son mini-jardin japonais le détendait beaucoup moins qu'avant, mais avec la fermeture de l'étage analogue c'était une habitude qu'il allait devoir reprendre.

Et la présentation commença. À mesure que les slides de Pellegrini s'enchaînaient sur les départements à décimer, sur les têtes à couper, la migraine de MAT empirait. Était-ce le nombre d'exécutions professionnelles qu'il avait lui-même fomentées ? Au fil des entretiens de licenciement, chaque mot que l'on prononçait, chaque intonation, chaque silence s'affinait – c'était une bien jolie petite musique en effet, sourit MAT à part lui. Pellegrini lui aussi avait l'art de rassurer son monde, il cultivait à merveille le personnage du cadre dynamique, avec son crâne légèrement dégarni, son embonpoint, son visage joufflu et ses formules marketing à tout crin dont il avait fait ample provision au cours de sa longue carrière. Au sortir de l'université, chez son premier employeur, MAT, avec trois jeunes collègues, avait inventé un jeu, le Marketing Bingo, qui consistait à faire le compte au cours d'une réunion des formules toutes faites – « usines à gaz », « boîte de Pandore », « *thinking outside the box* »… – proférées par chaque participant ; le premier qui en dénombrait dix et osait crier : « Bingo ! » se faisait payer une bière par les autres. Mais aujourd'hui MAT avait bien trop mal à la tête pour jouer au Bingo. Cette salle de réunion éclairée par la lueur de vitrail bon marché du projecteur et bercée par les ronronnements du ventilateur avait sur lui un pouvoir quasi hypnotique auquel semblaient échapper tous ces vice-présidents vautrés sur leur siège. Oui, vautrés, se répéta-t-il, édiles d'un empire décadent écoutant d'un air las le compte rendu des derniers massacres dans la cité. Il est vrai qu'être invité à cette présentation de l'hécatombe à venir signifiait avoir été épargné. MAT, qui entre deux slides de Pellegrini ratissait toujours obstinément son mini-jardin zen, se demanda comment, chez des êtres aussi éduqués et sensibles, quelques règles de calcul pouvaient suffire à se débarrasser en toute bonne conscience de plusieurs milliers de personnes. Un ricanement lui échappa au constat que ce mystère incluait sa propre personne.

– Vous n'assortissez pas l'assainissement d'un recrutement offshore ? demanda quelqu'un.

– Ce n'est pas un assainissement mais un *rightsizing*, corrigea Pellegrini.

Pendant que l'auditoire digérait la belle formule, sa large main piocha une part de pizza froide dans une boîte en carton au couvercle huileux oubliée la veille sur la table, décapsula une canette de soda tiède. Ses manches de chemise étaient retroussées – Pellegrini aimait porter des chemises blanches aux manches longues retroussées. Puis, sur l'écran de toile de la salle de réunion Mahatma-Gandhi, il commença à énumérer les variables auxquelles le modèle financier avait résumé les employés :

– Grâce à la modélisation, on peut calculer la rentabilité à long terme de la masse salariale avec une très grande précision…

C'était MAT qui avait conseillé à Pellegrini d'utiliser le substantif « modélisation » plutôt que « modelage ». « Modeler », cela évoquait la pâte à modeler. On modelait ces collaborateurs, on modelait le dentifrice à pâte dure, on modelait le groupe Maxa.

– Questions ?

La présentation était terminée. Pellegrini pour la forme opéra un tour de table, sachant bien que personne n'oserait émettre le moindre commentaire de peur d'attirer sur son propre département l'attention de l'inquisiteur en chef. Les douze participants approuvèrent donc dans un brouhaha gêné, et déjà on repoussait sa chaise en arrière pour se donner la place de se mettre debout, on rangeait ses affaires la nuque baissée, et Pellegrini, qui venait de se verser dans la gorge la dernière goutte de son Diet Coke, jetait la canette dans une poubelle en plastique, des deux mains comme pour un panier au basket-ball, lorsque quelqu'un se leva.

Calmement, Salim venait d'ôter le câble du projecteur de l'ordinateur de Pellegrini et de le brancher sur le sien. Puis, dans un silence de mort, il entama son analyse du modèle financier. Et si l'on écouta cet anonyme, ce sans-titre qui n'était même plus un employé du groupe jusqu'à ce que Michael Aaron Thomas le réembauche discrètement une heure plus tôt, c'est que ces chiffres prévisionnels étaient l'unique rempart protégeant ces hommes et ces femmes du licenciement. Pendant que MAT continuait de ratisser, déplaçait les deux petits cailloux, les regroupait, Salim entreprit d'expliquer que les chiffres exubérants de marge prévisionnelle exposés dans le modèle du directeur produit, précisément, n'étaient pas n'importe quels chiffres : ils étaient faux, grossièrement faux, falsifiés pouvait-on même avancer, preuves à l'appui. Des chiffres optimistes, des chiffres étincelants qui s'accordaient très bien avec les chromes des téléphones portables et des berlines métallisées dernier cri garées en masse au sous-sol, mais, *in fine*, manipulés de manière à en détourner une bonne portion à chaque exercice sur un compte étranger. Et à mesure que Salim progressait dans son analyse il gagnait en confiance ; tel un jeune avocat doué entamant sa première plaidoirie en Cour de cassation, sa langue se déliait, il sentait que ses formules faisaient mouche, les heures passées avec MAT à s'essayer à l'art du discours payaient enfin. Tous ces chiffres, interrogea-t-il non sans philosophie, était-il si important au fond qu'ils soient justes ? Après tout, la forme, la façon dont on choisissait de torpiller un peu plus de sept mille employés, importait peu aux actionnaires, pourvu qu'on leur fît miroiter des millions. Flotter, refléter, renvoyer l'image du moment : voilà bien en quoi consistait l'art de l'entreprise, à l'instar de la tour qui l'abritait. L'intérieur de ce gratte-ciel n'était pas différent de ce qu'on en apercevait de l'extérieur : côté rue, la moindre image était réfléchie, déformée par ces belles parois de verre qui brillaient ; côté bureaux, la moindre idée originale, sitôt énoncée, était pareillement répétée, déformée, réfléchie par chacun de ses occupants qui pour mieux briller devait s'en prétendre l'auteur, comme Pellegrini avec son modèle financier. Quant aux employés, ils se laisseraient manipuler, injurier, torturer sans mot dire. Mais le peuple finit toujours par se venger sur son bourreau.

– Maintenant, licencier tous ces malheureux qui pourraient éventer le crime, conclut Salim en regardant Pellegrini, ne servirait à rien. Sauf à mener le groupe à la ruine en trente-six mois.

Il bascula sur une présentation PowerPoint :

– Voici ce que je vous propose.

La formule était de pure politesse, tout comme la présentation, puisque le matin même MAT avait reçu l'approbation unanime du directoire quant au nouveau plan, entièrement échafaudé et signé par Salim.

Lorsque l'analyste eut terminé le dernier commentaire du dernier slide, on se retint pour ne pas applaudir, de peur de s'attirer les foudres de Pellegrini – mais Pellegrini possédait-il encore le moindre pouvoir dans le groupe à partir de cet instant ? Michael Aaron Thomas ferma le couvercle de son mini-jardin zen et se leva, suivi de Salim. Pellegrini leur emboîta le pas, se proposant de vérifier immédiatement son propre modèle, de recalculer chaque chiffre, chaque virgule, chaque indice avec minutie, de façon à prouver qu'aucune fraude n'avait été commise.

Les portes de l'ascenseur s'ouvraient mais Pellegrini le retenait par la manche, réclamait une copie du modèle de Salim, et MAT se dit qu'au moins cet homme aimait de toute évidence compter, et que même s'il comptait si mal, il devait compter avec application et ferveur, comme il devait avec la même application et la même ferveur mastiquer un sandwich dinde-fromage à son bureau ou lutiner, légèrement aviné, une épouse le samedi soir dans son lit aux draps roses. Et ce n'était nullement le rabaisser que de se représenter ainsi son labeur, bien au contraire, en cet instant précis il estimait même le vice-président bien plus que n'importe quelle autre personne au monde, pour la seule raison qu'il avait encore envie de compter. La vérité était que la plupart des employés de bureau exécraient compter, la plupart avaient trop compté, et MAT lui aussi pour la première fois trouva cela vulgaire, rabaissant.

*

Avant de quitter la ville il avait encore beaucoup de choses à faire.

Il pensait bien sûr à Sophia qu'il allait rejoindre, mais moins comme à une personne que comme à un enfant, ou peut-être comme à ces personnages de film dont on ne parvient jamais à oublier l'interprète derrière le rôle. Mais il se demandait surtout quelle réaction Elisa aurait eue si elle avait assisté à cet étrange meeting, si elle l'aurait remercié, aurait loué son courage. Il se demanda si ce n'était pas pour elle seule qu'il avait sauvé tous ces postes – et ce, sans même espérer recevoir l'expression de sa gratitude puisque, en raison des clauses de confidentialité qu'exigeait leur fonction, ni lui-même ni Salim ne pourraient jamais lui faire part du service rendu. Et pourtant, dès qu'il l'avait vue, avant la réunion, il n'avait songé qu'au moment où il pourrait déguerpir comme un voleur. Peut-être à cause de cette sensation qu'il avait éprouvée lorsqu'il lui avait serré la main… une main glacée, légèrement tremblante. Il ne lui avait pas fallu une seconde pour ressentir chez Elisa une agitation presque maladive – peut-être aussi était-elle intimidée, il faisait souvent cet effet. À moins que ce ne fût dû à cette étrange atmosphère qui régnait dans cet étage oublié du reste du monde, cette vue imprenable sur la ville, cette atmosphère atone et la nudité du décor. Et puis ce sable, tout ce sable où malgré leurs efforts rien n'avait poussé, rien ne pousserait jamais… Pourquoi sur le point de partir ne songeait-il qu'à retourner en un lieu où il n'avait rien à faire, à se mêler à des gens avec lesquels il n'avait rien à voir, sinon que le destin de chacun d'eux, d'une façon ou d'une autre, à partir de ce jour ne reposait plus entre ses mains ? Il pensait se sauver en sauvant ces gens, il avait pensé se sauver s'il sauvait Elisa, et Salim. Mais il n'avait jamais sauvé personne.

Il ne put s'empêcher de retourner à l'étage analogue, qui pour la première fois était complètement désert. Après avoir inspecté machinalement le sol aride pendant une bonne vingtaine de minutes, Michael quitta la tour et prit le chemin de son appartement, à pied, prenant soin d'éviter les rues qui auraient pu l'amener vers la dernière agence de voyages de toute la ville, dans le quartier italien. Une fois devant son digicode il tourna les talons, rebroussa chemin, héla un taxi. Douze minutes plus tard il poussait l'épaisse porte en verre de l'agence, dépassait la maquette poussiéreuse d'un Boeing sept cent trente-sept et l'affiche de Hawaiian Airlines aux couleurs fanées, demandait à l'hôtesse si elle pouvait organiser un voyage, oui, pour aujourd'hui, à Riga, le vol avec le moins d'escales possible. Il était un peu surpris de formuler en face d'une personne étrangère ces mots qu'il n'avait pas osé formuler devant Elisa. Mais qu'est-ce qu'Elisa venait faire dans cette histoire ? Il froissait machinalement dans la poche de son jean la carte de visite qu'elle lui avait donnée. *Comme autant de bibles ouvertes à la même page.*

Le seul vol disponible était en classe affaires. Il coûtait cinq mille dollars et neuf cent vingt-huit cents, décollait dans quatre heures, atterrissait à dix heures et demie du soir heure locale, après une halte de cinq heures à Madrid, et le ramenait une semaine plus tard. MAT tendit son passeport, sa carte de crédit, puis partit errer dans les petites rues du centre.

Il finit par trouver au fond d'une impasse une boutique installée dans un atelier aux plafonds hauts arrangé par un décorateur. À l'intérieur, ça sentait le luxe, MAT estima que c'était le genre de magasins que Sophia apprécierait. Aux murs en pierre de taille étaient suspendues d'immenses photos en noir et blanc de matchs de polo. Les images avaient été prises sous le soleil rasant de fin d'après-midi. Leur grain, volontairement grossier, amplifiait les reflets de sueur perlant des crinières et de dessous les bombes. Après avoir inspecté une veste en cuir puis un jean délavé hors de prix, il indiqua du doigt une paire de bottes blanches, modèle texan en pur cuir de veau, à sept cent quatre-vingts dollars.

– Quelle pointure ? demanda la vendeuse.

Il rougit comme une pivoine, la regarda dans les yeux et, au hasard, dit :

– Taille trente-six.

La vendeuse, dont la jupe en skaï crissait au moindre mouvement, les emballa dans du papier argenté et les rangea dans un grand sac blanc cassé d'une texture si ferme qu'il savait déjà qu'il ne se froisserait jamais.

Une fois dans l'avion il réalisa qu'il ne portait ni costume noir ni chapeau texan, mais un jean élimé aux pattes, des flip-flops et un T-shirt rouge où était dressée la liste des concerts de la dernière tournée en date du groupe Mother Hips. Bah, il achèterait tout ça lors de son escale à Madrid. MAT posa son seul bagage à ses pieds et s'endormit aussitôt, pour se réveiller à son escale, qu'il imaginait être Madrid. Mais Madrid essuyait des pluies diluviennes, des vents de cent cinquante kilomètres-heure tordaient les palmiers et les tours de contrôle ; le vol avait d'abord été détourné sur Zurich, mais le verglas avait rendu la piste tout aussi inutilisable et on avait fini par atterrir à Tenerife, où l'appareil stationna sur le tarmac pendant douze heures, au bout desquelles on annonça qu'il y aurait une correspondance le lendemain pour son aéroport de départ, si tout allait bien. De là, il pourrait repartir pour Riga. Il fallut changer d'avion, courir depuis le terminal A jusqu'au terminal E, dans les odeurs de Starbucks Café et de Burger King entremêlées. Une fois dans l'appareil, Michael attendit le décollage dans un silence soumis. À travers le hublot s'étalaient le long du tarmac des autoroutes couleur sable à perte de vue. MAT aperçut, très loin à l'ouest, un avion en approche d'un autre aéroport, puis il comprit qu'il s'agissait du même réseau de pistes, que cet aéroport était dantesque.

Lorsqu'il fut rendu à son aéroport de départ, sa correspondance ne durait que vingt-cinq minutes. Il s'endormit sur un banc et au moment où il se réveilla aperçut dans le ciel son avion qui s'envolait. À regarder son vol partir sans lui, il ne ressentit absolument rien. Sauf qu'il se souvint avoir cinq semaines plus tôt partagé cette étrange expérience avec Elisa. Épuisé après deux nuits sans sommeil, il rentra chez lui en taxi. Il avait oublié le sac blanc cassé et ses bottes blanches à l'une de ses escales, ou peut-être dans cet aéroport-ci, ou peut-être dans ce taxi qu'il regardait s'éloigner dans la brume. MAT eut envie de se rendre au quatre cent vingt-cinq, mais pas à son bureau.

À l'étage analogue, Koplovski lui apprit qu'Elisa allait bientôt rentrer chez elle, mais qu'avant son départ on avait décidé de tous se retrouver pour un pot d'adieu.

14

Pour cette ultime visite à l'étage analogue chacun choisit solennellement quels vêtements porter, quels mets offrir, quelles anecdotes partager.

Salim était déjà là lorsque les autres arrivèrent, et depuis longtemps sans doute tant il parut étonné de les voir surgir. On le trouva assis par terre, les bras pendant sur les genoux, le regard absorbé par les mouvements d'un petit objet qu'il faisait rouler entre ses doigts.

La veille, MAT avait convoqué l'analyste à l'avant-dernier étage de la tour et lui avait proposé le poste laissé vacant par le licenciement de Pellegrini. Le miraculé avait fermé les yeux et savouré sa victoire pendant quelques secondes, puis répondu qu'il acceptait, à une seule condition. Et au matin MAT s'était exécuté. Tous deux avaient rejoint à six heures quinze les cinq membres du directoire sur le green perlé de rosée du Presidio Golf Club. Salim, après avoir avalé d'un trait le traditionnel shot de bourbon réservé aux nouveaux managers, avait cérémonieusement sorti un club de son sac et, à la suite d'une douzaine de tentatives qui sans atteindre leur objectif avaient formé des mottes de terre et creusé des trous mémorables dans le gazon du club, tapé de plein fouet la petite balle grenelée, qu'on avait alors regardée en silence monter puis redescendre dans une trajectoire en forme de cloche, avant d'aller se perdre dans la forêt en lisière du green.

À huit heures Salim s'était rendu à l'étage analogue pour récupérer ses affaires, en particulier sa fameuse radio. Il avait voulu effectuer un dernier tour, et avait remarqué une minuscule excroissance sur l'étendue sablonneuse. Pensant qu'il s'agissait d'un outil tombé d'une poche, ou d'un insecte – il avait déjà aperçu des araignées noires, et même la trace sinueuse d'un petit scolopendre –, le nouveau directeur avait marché jusqu'à l'excroissance et s'était penché pour ramasser le corps étranger. Or il avait rencontré une résistance inattendue. Un bourgeon de blé venait de sortir de terre.

Il montra sa découverte au reste du groupe, provoquant de grands cris de joie et des éclats de rire. Cet embryon de tige, c'était aussi une façon de penser à quelque chose d'autre qu'à la fermeture imminente de l'étage.

Sur les conseils de MAT, Elisa avait apporté ses cahiers d'écriture.

– Pour qui, puisque le docteur Meyer se fiche de ce que je lui raconte ? Je ne sais pas, soupira-t-elle en déballant les collations qu'elle avait achetées pour l'occasion.

Elle avait décidé de regrouper toutes ses notes, de les découper en paragraphes, qui se rassemblaient assez naturellement en sortes de chapitres, expliqua-t-elle en ouvrant des Tupperware contenant un gâteau aux amandes, du bacon et des madeleines.

– Ce n'est pas un banquet mais…

On s'assit autour de la table ovale de la salle de réunion, sur laquelle Elisa avait dressé une jolie nappe à carreaux rouges et blancs, et Koplovski, avec une lenteur un peu cérémonieuse, prépara du café dans une cafetière à piston et des œufs sur un réchaud électrique. Elisa avait aussi apporté du saumon, Salim de la brioche et des confitures dans leur pot en verre. Tous réalisaient qu'on avait franchi un seuil dans cette aventure, mais personne ne trouvait quoi dire. Ils savaient bien que dans deux jours la porte analogue ne donnerait plus sur une destination exotique mais se refermerait sur le quartier financier de la ville. Et chacun se demandait ce qu'on ferait alors, aucune option n'étant pour l'instant écartée. Une chose était sûre : on voulait profiter jusqu'à la dernière seconde de cet espace, de son silence, de son mystère, comme de l'intérieur d'une cathédrale avant sa dernière messe. MAT coupa la brioche et le gâteau en larges tranches, puis le saumon, on ouvrit les pots de confiture, on servit les œufs.

– C'est dommage, on n'a rien à boire, fit remarquer Salim, qui ces derniers temps prenait quelques libertés avec le Maghrib.

Elisa se leva, alla fouiller dans un sac en toile qu'elle avait halé hors de l'ascenseur et revint avec trois bouteilles de vin de paille qu'elle avait achetées, expliqua-t-elle, lors de leur escapade à Lyon. Elle rapportait aussi un tire-bouchon et quatre verres à pied protégés par des serviettes en tissu.

– C'est mon anniversaire.

Elle tendit la bouteille à MAT pour qu'il la débouche. D'ordinaire, expliqua-t-elle, elle ne buvait jamais d'alcool, elle ne supportait pas, d'ailleurs elle n'aimait pas être pompette, ça la rendait émotive. Il faudrait qu'ils fassent attention, car, prévint-elle, elle pouvait devenir atroce quand elle buvait.

– Et vous voyez, continua-t-elle en brandissant son téléphone, personne ne m'a appelée. Même pas ma fille.

Seule sa mère avait essayé de la joindre. Elle l'appelait trois fois l'an depuis la côte Ouest, pour chaque anniversaire y compris le sien. Sinon elle ne communiquait jamais.

– À partir d'un moment, une femme ne devrait plus avoir d'âge. Je veux dire socialement, officiellement, vous voyez…

Salim, qui pendant ce temps s'était plongé dans les feuillets d'Elisa, les lui rendit, et après avoir vidé son verre d'un trait déclara :

– Ce que vous avez, Elisa, c'est un roman. Un excellent roman, même !

Elisa protesta. C'étaient des histoires sans queue ni tête.

– Si c'était un roman, j'aurais mille choses à changer. De toute façon je n'ai d'inspiration qu'ici.

Ils la prirent au mot. On promit de relire le manuscrit une fois les modifications apportées. On installerait dès maintenant l'auteur dans l'ancienne salle de réunion jusqu'à ce que les scellés soient mis sur les portes. Elisa dévisagea ses compagnons, ces étrangers avec lesquels elle avait partagé les plus beaux moments de sa vie, puis laissa son regard traîner sur le lierre rampant qui avait grimpé le long de ces murs et de ces faux plafonds que l'on n'apercevait plus depuis longtemps, pas plus que les tons grisâtres ni aucune forme rectangulaire qui rappellerait le sinistre édifice du quatre cent vingt-cinq, et finit par accepter. La vérité était que ces commentaires élogieux la faisaient rougir et lui donnaient des ailes. C'était bien différent du docteur Meyer dont elle ne savait jamais s'il avait lu la moindre ligne avant de commencer sa séance.

Michael, qui n'avait encore rien osé dire, semblait le plus emballé par la proposition de Salim. Il avait pris conscience que sauver l'emploi de plusieurs milliers de personnes lui importait beaucoup moins qu'il ne l'aurait cru, peut-être parce qu'il attribuait ce sauvetage en grande partie à ses compagnons de l'étage analogue, en tout cas plus qu'à lui-même. Depuis que son projet avait été entériné par le directoire, son métier le rebutait, la moindre occasion était bonne pour le faire monter. La veille, assis à son bureau après son voyage raté, il s'était pour la première fois senti désœuvré. Il avait relevé les yeux et avait cru voir le mur blanc qui lui faisait face se couvrir de lueurs passagères et glauques, tels des feux follets, comme si un limon s'y fût déposé, le résidu du stress de toutes les âmes licenciées dans cette tour au fil des décennies. Suis-je en train de devenir fou ? s'était-il distraitement demandé, accoudé à sa table, le menton dans les mains. Heureusement, ou hélas, il était le seul à avoir assisté à cet étrange spectacle. Et dès qu'il avait regagné l'étage analogue la vision et la migraine avaient disparu – une affaire de différence de pression, de luminosité, avait-il décidé, la simple vue de l'étendue sablonneuse le rassurait instantanément.

Il espérait aussi, sans se l'avouer, qu'Elisa lui parlerait, mais lui-même l'évitait, de peur qu'elle ne demande à nouveau des nouvelles de Riga, de son voyage et de son épouse lettone. Il se contenta donc de se déchausser et d'arpenter le sable meuble en lisant les feuillets d'Elisa, prenant plaisir à sentir sous ses orteils les petites protubérances des graines, déjà plus fermes et plus grosses qu'une heure plus tôt. Lui aussi aurait tant voulu, d'ici quelques semaines ou quelques mois, s'imprégner de senteurs d'herbe fraîchement piétinée, parmi les hannetons et les aoûtats sautillant entre ses pieds nus…

– Vous devriez le soumettre à un éditeur tel quel, conclut-il à son tour en revenant s'asseoir au milieu du groupe. Je connais d'ailleurs un très bon agent.

On descendit les bouteilles de vin de paille en mangeant les tartines et les tranches de saumon, la mastication aidant à justifier le silence inhabituel qui s'était installé entre les quatre amis. Tous se forçaient à plaisanter.

Vers les huit heures, Salim eut l'idée d'aller arroser le champ où le blé poussait littéralement à vue d'œil. MAT proposa de l'aider mais Elisa le retint par le bras.

– Restez avec moi, dit-elle seulement.

Il se rassit.

– Vous savez, je ne vais plus à Riga, dit-il soudain.

– Vous permettez…

Elle avait remarqué une tache de confiture sur sa chemise, au niveau du torse. Elle se mit à la gratter avec son ongle ; elle ne supportait pas la salissure.

– Tenez… reprit-il. L'autre soir, bien qu'il soit trop tard et que cela ne serve à rien, j'ai quand même planté quelques tomates de Toscane et du *mughetto* de Pise. J'aurais tant voulu aller faire un tour à Sienne. Paris, il aurait fallu attendre le printemps pour vraiment en profiter.

Elisa se dépêcha de répondre, elle ne voulait laisser aucun instant de silence s'immiscer dans leur dialogue maladroit.

– Ah, c'est vous qui avez planté le muguet ? Savez-vous qu'il a déjà commencé à germer ? Je peux vous le dire, maintenant, je suis allée faire un tour dans le Quartier latin hier soir à partir de la tour Montparnasse – on m'avait dit tant de choses sur la France… Mais je suis repartie au bout d'une demi-heure. Je ne supportais pas la vue des crottes de chien… des murs compissés… des verres graisseux plein les terrasses…

Elle finit son verre trop vite et s'en versa un autre aussitôt, s'essayant à parler de son nouveau poste à responsabilités. Lorsqu'elle était nerveuse Elisa ne s'exprimait que par phrases lapidaires. Elle était capable d'en lâcher sur n'importe quel sujet, commentaires à l'emporte-pièce qui semblaient inspirés de blogs en ligne ou de magazines people. Michael pour sa part était aussi mal à l'aise.

– Regardez ! dit-elle soudain en fixant quelque chose de l'autre côté de la vitre.

MAT passa en revue l'immensité de maisons et d'immeubles qui s'étalait devant eux, pareille à la veille, à tous les autres jours. Le désassortiment des bâtisses dérangées ici et là par un gratte-ciel ultramoderne donnait l'impression d'un jardin en friche.

– Je ne vois rien, dit-il enfin.

– Là ! insista Elisa en pointant le doigt vers une tour conique, qui s'évasait comme une pyramide.

MAT scruta la tour, et entrevit finalement ce qu'Elisa lui désignait. À l'un des derniers étages, une demi-douzaine de niveaux au-dessous de la cime, à travers une large baie vitrée on distinguait l'intérieur, en tout cas une parcelle. L'étage ne paraissait pas encombré de bureaux ni en construction. Il était vide, le sol était de la même couleur blanc-beige, sablonneuse, qu'à l'étage analogue.

– Et si… ? murmura Elisa.

– Et si tous les immeubles au monde… ? sourit Michael.

Ils échangèrent un regard complice et grave, comme s'ils venaient de découvrir un formidable secret.

*

Ce fut comme si le temps avait omis de se laisser mesurer. On en profita pour suspendre son cours et dénombrer les épis, qui ne cessaient de se multiplier. Personne ne s'étonnait plus de la couleur dorée ni de l'extraordinaire vitesse à laquelle les grains se formaient, tout au plus l'expliquait-on désormais comme Koplovski par l'allure à laquelle dans cette tour les projets s'accomplissaient, les sociétés se faisaient et se défaisaient, les carrières se bâtissaient et s'effondraient : par osmose. Ainsi devait-il en être de toute forme de culture, fût-elle entrepreneuriale ou maraîchère. Était-il vraiment surprenant que les plantes aient finalement intégré elles aussi la notion de *deadline*, que ce blé réalise qu'il devait éclore dans les prochaines vingt-quatre heures, dans cette tour où les organigrammes des sociétés qu'elle hébergeait imitaient eux-mêmes l'arborescence d'un arbre plus ou moins grand et plus ou moins âgé, où l'on parlait des jeunes sociétés comme de « jeunes pousses », où les produits phares « Apple », « Amazon » évoquaient un fruit ou une jungle, et en bas de laquelle jusqu'à la disposition des voitures garées imitait nommément la forme d'un épi de blé mûr ? Salim, ignorant avec superbe la fermeture imminente de l'étage, parlait de planter des edelweiss, dont il assurait qu'ils bourgeonneraient à une allure fabuleuse, et même un pied de vigne de Croatie. Il se voyait déjà vendangeant des cabernets, cueillant de belles petites grappes noires aux reflets mauves gonflées de soleil et de sucre. Comme le retraité, le paysan prodigue était désormais persuadé que la nature avait décidé de combler à cet étage le mépris que lui réservaient le reste de la tour, les longues avenues grisâtres et les couloirs des métros souterrains qui l'encerclaient.

– Il y a quelque chose que je ne vous ai pas dit, lâcha Koplovski en regardant un point imaginaire à travers les vitres.

Sur un ton empreint d'une telle gravité qu'il surprit ses compagnons, il raconta cette fois où, passé de l'autre côté du sas, il avait découvert ce qui se rapprochait le plus de ce que devait être l'enfer. La tour où il venait de pénétrer donnait non plus sur le quartier dynamique d'une métropole européenne mais sur une cité en ruine, sous un ciel obscurci par d'épaisses fumées noires. Il avait eu le courage, ou l'idiotie, de descendre dans le hall désert couvert de débris et de faire quelques pas dans le chaos de la rue. Il n'avait entendu, interrompant un silence de tombeau, que des gémissements de mères se lamentant, il n'avait vu d'humain que des corps sans vie, éventrés. Une fois remonté et après avoir vite repassé le sas, il avait recherché où pouvait se trouver cet endroit oublié du monde des vivants, mais n'avait pas réussi à le situer. C'était peut-être une des villes qu'ils avaient visitées, mais dans un lointain passé, ou un lointain avenir.

– On entame la récolte ? suggéra-t-il pour finir.

Le jeu des réverbérations produisait à cette heure une lumière si intense qu'elle provoquait en quelques minutes non pas de simples coups de soleil mais des brûlures si l'on restait trop longtemps sans bouger et sans protection au même endroit. On se coiffa donc des hauts chapeaux de paille coniques dont on avait fait l'acquisition à Canton et on se mit à la tâche.

Salim avançait en balançant la faucille devant lui dans un geste rythmé, dansant, derrière lui MAT et Koplovski ramassaient les épis et les assemblaient en gerbes. Elisa entassait les gerbes en petites meules. Celles-ci séchaient si vite qu'on aurait pu aussitôt entamer le battage, cependant l'idée était de prendre son temps, donc on savourait chaque étape, chaque gerbe formée, chaque meule. Enfin on ramassa le dernier épi, on forma la dernière gerbe, la dernière meule.

Au dos de la façade sud-est, Salim avait bâti un petit four yéménite, dont la sobriété, la solidité et la beauté évoquaient un temple miniature. La nuit précédente, l'ex-analyste junior avait malgré les charges de sa promotion délaissé son ordinateur et halé jusqu'à l'étage analogue des palettes de briques et les conduits de la future cheminée. Pour le combustible, on brûlerait quelques bûches rapportées par Koplovski de ses excursions en lisière des métropoles des cinq continents. Le principal problème résidait dans l'évacuation de la fumée, qui devait éviter de déclencher les détecteurs d'incendie : là encore l'ingénieur avait rapidement mis au point un mécanisme de filtres successifs imbriqués dans le vitrage et qui, à condition d'être remplacés toutes les heures, retenaient la poussière de charbon et exhalaient le long de la façade du bâtiment une fumée blanchâtre qui s'évaporait immédiatement. Pas moins de sept préchauffes furent nécessaires pour éliminer l'humidité, mais enfin on vit dans l'âtre blanchir les pierres de voûte.

– Voilà, dit Salim. Nous sommes prêts !

Le jeune homme paraissait transformé. Ses cheveux, qu'il avait laissés pousser en boucles jusqu'aux épaules, roussissaient de bonheur. Il ratissa lentement les parois surchauffées. Immobiles, éblouis comme des enfants, les autres regardaient les gerbes d'étincelles que produisaient les dents de la fourche. Salim se chargea de verser les cendres dans un large cendrier en céramique prévu à cet effet.

– On en fera de la lessive, expliqua-t-il, comme s'il projetait de vivre là en autarcie pendant les prochains mois. Bon, on peut commencer le battage ?

Salim distribua quatre fléaux qu'il avait fabriqués chez lui, et l'on sépara pendant les deux heures suivantes le grain de l'ivraie. Le soleil se couchait sur l'océan lorsqu'on finit. Tous étaient fourbus, on parlait peu, sinon de la récolte. Et puis, lorsque la nuit fut complétement tombée, Koplovski dit :

– Demain matin on fera le pain.

On resta là, sur la moquette, Elisa blottie dans les bras de Michael, qui en homme prévoyant avait apporté des couvertures. La lune, qui ce soir-là était presque pleine, recouvrit l'étage d'une lueur dorée qui révélait en lui une beauté différente. Rien là ne suggérait l'univers anguleux du reste de la tour. On observa la lente courbure des roseaux en bordure du petit étang, les petits cailloux sur la berge, jusqu'à l'aube. L'étage inférieur était peut-être complètement inondé, mais nul ne s'en souciait.

*

Elisa dut finalement s'assoupir puisqu'elle rêva d'une tour de verre étincelante, pleine d'une activité fébrile mais dont les façades et l'aspect extérieur ne laissaient rien paraître, plantée au beau milieu d'un désert à perte de vue. Les cadres devaient tellement se dépenser à l'intérieur qu'une fois sortis du building le soir ils se désintégraient peu à peu dans le sable à mesure qu'ils s'éloignaient. Ou peut-être étaient-ce seulement les rafales de sirocco à l'horizon qui les avalaient. Le matin suivant ils réapparaissaient par morceaux, se reformaient à mesure qu'ils approchaient du perron, mais ce n'était jamais avec les mêmes morceaux que la veille.

Elle fut réveillée par l'odeur rassurante du pain en train de cuire, et vit Josh, l'œil étincelant, devant son four. Le retraité ne pouvait détacher les yeux de l'âtre qui ronronnait doucement.

– Dans pas longtemps ça sera prêt. Dans pas longtemps…

L'horizon à l'est se diluait à peine d'un premier filet de lueurs, mais ils étaient maintenant tous éveillés. Salim de temps en temps étalait les braises, MAT le regardait faire, les mains dans les poches de sa veste en velours, un sourire bienheureux éclairant son visage.

Enfin on sortit le pain du four et Koplovski le porta jusqu'à la table sur un plateau en cerisier qu'il s'était procuré à Corfou quelques jours plus tôt. On mangea en silence.

– Il manque de levure… dit Salim.

– Non, il est excellent, protesta MAT.

– … et de sel, ajouta Salim.

Une gravité solennelle imprimait les visages, ralentissait leurs gestes. C'est que venait l'heure précédant l'arrivée des manutentionnaires et la fermeture de l'étage analogue, et déjà de l'espace transpirait une tension particulière, comme celle que renvoie une cellule au condamné qui après y avoir passé de longues années va la quitter pour l'échafaud. Cette tension se révélait à travers des détails difficilement perceptibles, dans la courbure plus prononcée des dunes et des tiges, dans la hâte encore accrue des éclosions.

Koplovski fut le premier à trouver le courage de se lever, d'épousseter ses vêtements, le corps raidi par l'émotion :

– Voilà, on y est.

Il marcha vers la kitchenette, où Elisa remarqua pour la première fois dans le coin nord-est une valise, une de ces valises noires de taille moyenne en toile renforcée que le regard croise par douzaines sur les tapis de dépose-bagages d'aéroport et que l'on prend si facilement pour la sienne. Un bagage anonyme, interchangeable. Une valise analogue.

Elisa releva lentement les yeux vers Josh, qui venait de s'emparer de la valise, et fut frappée par sa physionomie. Plus que jamais Koplovski paraissait faire corps avec l'étendue sablonneuse, comme si ce large carré de sable s'achevait et se résumait en lui. Il était, il avait toujours été, le plus vivant, le plus entreprenant du groupe dans cette aridité trompeuse, mais en cet instant sa peau était un peu plus brunie, et jusqu'à son visage semblait reluire de ce vernis dont certaines pierres se recouvrent contre les vents secs du désert. À vrai dire, Elisa avait deviné sa décision depuis plusieurs jours, celle-ci couvait d'ailleurs de toute évidence depuis longtemps, et devait même dater d'avant la révélation à ses compagnons de l'existence du sas. Mais elle s'était refusée à l'admettre, elle avait nié cette évidence pendant tout ce temps, et maintenant elle se disait qu'elle aurait dû résister, ne pas laisser grandir cette amitié, comme on regrette de s'être lié avec un expatrié dont on sait qu'à une date fixe, décidée par d'autres, il partira. Ses compagnons parurent moins surpris qu'attristés lorsque le vieil ingénieur s'approcha d'eux et sans un mot les serra l'un après l'autre dans ses bras. Puis il reprit sa valise et, d'un pas lent et mesuré qui rappelait un peu celui d'Armstrong sur le sol de la Lune, se dirigea dans de légers crissements à travers champs jusqu'à cette porte qui allait s'ouvrir et se refermer une dernière fois.

Le petit groupe, rassemblé devant l'ascenseur, l'observa enclencher la poignée, jeter un coup d'œil vers l'autre côté sans révéler quoi que ce soit de sa destination, enjamber le pas de porte, puis commencer à repousser lentement le sas derrière lui.

– Attendez !

C'était MAT qui venait de crier. Elisa et Salim relevèrent les yeux vers le Grand Manager. Au pas involontaire qu'il venait de faire, ils comprirent qu'il n'essayait pas de retenir Josh mais lui demandait de l'attendre. Le regard du financier plongea dans celui d'Elisa puis retourna vers la porte. Il courut à la suite de Koplovski. Le sas se referma sur les deux hommes.

15

Elisa ne reconnut pas la porte qu'elle venait d'ouvrir et qui était pourtant celle de sa maison, pas davantage que ce vestibule percé de silos de lumière où montaient de lentes colonnes de poussière comme sous la géométrie complexe des vitraux dans une église. Cette fraîcheur, ce silence et cette atmosphère de recueillement entretenus par les volets fermés, la porte épaisse, les murs de pierre auraient d'ailleurs pu appartenir à une église si n'étaient parvenues, depuis une autre pièce, les bribes d'une chanson dont il était impossible de décider s'il s'agissait d'un standard de jazz ou d'une chanson pop, de Bob Dylan ou Ryan Adams. Elle se dit que c'était peut-être là le premier contre-effet de l'étage analogue. Que, en contrepartie d'un lieu anonyme qui pouvait en cacher un autre, se dissipaient peut-être les espaces familiers, voire les êtres auxquels on se croyait attaché.

C'est alors qu'elle vit Justin debout dans la salle à manger, torse nu, les bras croisés, et un inconnu assis à la grande table en chêne de la salle à manger. L'homme, dont la physionomie de lutteur tenait à peine dans son costume noir, tirait un document d'un vieux cartable en cuir beige ouvert devant lui sur la table. Elisa comprit qu'il s'agissait de l'inspecteur dépêché par la banque pour procéder à l'estimation hypothécaire de la maison, et elle eut aussitôt envie de repartir. Enfin elle remarqua Alice, en robe noire, assise en face de l'homme au physique de lutteur et en partie cachée par le grand pot de fleurs couleur de jade. Ses cheveux rassemblés en chignon découvraient sa nuque parfaite. Sous sa robe elle ne portait rien, en tout cas pas de soutien-gorge, laissant entrevoir l'échancrure de ses seins presque jusqu'aux tétons. Ses longues jambes se reflétaient sur le dallage carrelé sous ses pieds nus. Sa fille de quinze ans était belle et sûre d'elle, elle avait l'air serein, impérial, une vraie femme. Pourquoi et de quel droit ils discutaient avec l'inspecteur, cette question ne vint même pas à l'esprit d'Elisa. Justin paraissait moins égaré que d'habitude, ses longs cheveux bouclés étaient retenus en catogan, ses sourcils froncés au sommet de son corps longiligne. Ses jambes tendues comme des I dans son jean trop serré lui donnaient une allure d'artiste, de guitariste anglo-saxon.

L'homme penché sur la table se retourna, se leva précipitamment.

– Vous êtes la propriétaire ?

Le lutteur lui tendit une main énorme qui broya la sienne. Elisa hésita à approuver : elle aurait dû reconnaître sa maison, toutes ces choses et tous ces êtres qu'elle appelait siens, mais elle regardait ces lieux comme une étrangère.

– On a essayé de lui fournir le plus de renseignements possibles, mais il a besoin de votre signature, expliqua Justin en désignant une pile de documents entassés sur la table du salon.

Elisa l'observa pendant un instant, surprise. Jusqu'à la voix du garçon qui avait une tonalité inconnue ; elle ne la reconnaissait pas. Elle s'aperçut qu'elle ne le voyait même plus comme celui qui lui avait ravi l'être aimé.

– Pouvons-nous faire le tour de la propriété ? interrogea l'inspecteur lorsqu'on eut terminé de signer la plupart des documents.

Elisa, suivie par Justin et Alice qui comme deux complices ne cessaient de chuchoter, lui fit faire le tour des pièces en bas, puis des chambres en haut. Une fois qu'il eut pris suffisamment de photos, l'inspecteur voulut effectuer la visite de l'extérieur, et l'on partit en direction du jardin.

Voilà, ils étaient dehors. Elisa suivait docilement, c'était un beau jour d'été, sa main caressa l'écorce du pin parasol qui abritait la maison, traîna le long des pétales d'une orchidée sauvage comme on laisse traîner les doigts au fil de l'eau depuis la barque qui vous mène au sacrifice. Parvenu devant la façade nord de la maison, le lutteur s'arrêta.

– Il faudrait repeindre.

Elisa releva lentement les yeux vers le mur. Il avait changé de couleur, il était peint, très maladroitement, d'un magnifique bleu azur, et la hantise d'Elisa, la lézarde, avait miraculeusement disparu.

– Je vais convoquer un peintre, balbutia-t-elle.

Ils retournèrent dans la salle à manger, où l'inspecteur lui fit signer le dernier document. Sur le pas de la porte il lui annonça que la valeur de la propriété s'était sans doute accrue d'au moins vingt pour cent depuis qu'elle l'avait achetée.

Dès qu'il fut parti, Justin annonça, triomphant :

– Un ami de mon père, un ingénieur en BTP, a inspecté la lézarde, et a déclaré que ce n'était rien, une fissure superficielle : les fondations sont intactes. Comme je fais un peu de maçonnerie, j'ai colmaté la fissure et repeint la façade. Vous aimez ?

Elisa retourna à l'extérieur et inspecta à nouveau le bleu azur. C'était vraiment très mal peint, les couches d'épaisseur inégale produisaient des taches presque bleu marine par endroits, tirant vers l'émeraude par d'autres.

– Merci, Justin, dit-elle simplement.

Elle le soupçonna de mentir ; qui sait si la lézarde ne se trouvait pas encore derrière la fine couche de ciment bleue ? Mais elle avait trop envie de le croire.

De retour dans la maison, elle trouva dans le réfrigérateur une bouteille de vin entamée, se servit un grand verre et s'installa dans la fraîcheur du salon. Quand Alice l'interrogea sur les entretiens, elle se dit que la voix de sa fille non plus n'était plus la même, c'était à se demander si c'était bien elle qui parlait. Le ton était allusif. *Elle avait rompu l'étui de cellophane, elle avait enfin ôté l'étui de cellophane qui la recouvrait tout entière et la protégeait, et elle réalisait qu'elle n'éprouvait aucune souffrance.*

*

On partit vers la plage. Les feuilles mortes craquaient sous leurs pieds, les pieds nus de Justin et d'Alice arpentaient au même rythme le sentier et se couvraient pareillement de copeaux de bois, de brindilles. À la façon d'un vieux couple, leurs deux mains se balançaient l'une à côté de l'autre, résistant à l'envie de se nouer. Elisa avait remarqué ce naturel avec lequel Justin s'était déplacé dans la maison. C'était lui et non sa fille qui avait ouvert la porte menant jusqu'au jardin, débloquant chacun des verrous avec dextérité, puis descendant les marches de l'escalier de pierre en caressant la rampe de la main, avec l'auguste sérénité d'un propriétaire. C'était à lui qu'avait naturellement parlé l'inspecteur.

Après un chuchotement à l'oreille de son compagnon, Alice se retourna et vint marcher aux côtés de sa mère. Elle lui prit la main, Elisa sursauta mais la laissa faire. Ils longeaient l'interminable haie d'eucalyptus. Doucement, comme un père parlant à un enfant, Justin expliquait à propos de la lézarde qu'on n'avait pas pu lui en parler au téléphone, mais qu'il lui fournirait les coordonnées de l'ami maçon qui l'avait aidé, celui-ci lui expliquerait tout en détail… Elisa écoutait à moitié, n'avait-il pas dit plus tôt que cet ami était ingénieur, et non maçon ?

Alice proposait de recommencer à zéro, elle avouait s'être butée contre sa mère et contre cet air soupçonneux qu'elle lui opposait, mais réalisait maintenant qu'Elisa cherchait seulement à la protéger. Elisa répondit qu'elle ne lui en voulait pas, ni à Justin, qui n'aurait pas passé la semaine là si elle-même ne s'était pas absentée de son propre foyer aussi longtemps. Il pouvait bien rester un ou deux jours de plus. Si jamais quelque chose existait entre eux – et elle ne voulait pas savoir si c'était le cas –, cela ne signifiait nullement la fin du monde. Un jour, elle le savait bien, sa fille la quitterait.

Des pans émeraude apparaissaient à travers la futaie, l'océan approchait, Justin expliquait qu'une tempête avait deux jours plus tôt ravagé la côte, que des montagnes de sable avaient été déplacées, qu'on ne reconnaissait plus du tout la plage. Il avança, sans en apporter la moindre preuve, que cette tempête avait sans doute quelque chose à voir avec le tremblement de terre. Le cœur d'Elisa battait fort et lentement. Elle songeait à l'étage analogue, au sien et à celui dont Michael et elle avaient cru deviner la présence dans les hauteurs de la tour en face de la leur. Combien y en avait-il en tout ? Cela avait-il seulement un sens de chercher à les dénombrer ? Salim était peut-être en train de calculer tout cela. L'histoire incroyable qui leur était arrivée lui semblait parfaitement logique, voire nécessaire, et pourtant elle savait qu'Alice n'aurait pas compris si elle la lui avait relatée. Persuadée que ce destin extraordinaire auquel elle était associée se briserait si elle faisait le récit de son expérience à quiconque, elle décida de garder ce secret jusqu'à sa mort.

Résolue, Elisa accéléra involontairement le pas, elle trottait maintenant en direction de la plage, dont une large portion se laissa soudain découvrir : berge sablonneuse ombragée par les feuillages des pins, et, plus haut, par les majestueux séquoias. Le paysage était en effet presque méconnaissable : des dunes énormes s'étaient formées par endroits, creusant de légères crevasses autour d'elles, découvrant un sable noir qui n'avait peut-être jamais vu le soleil. Les jeunes gens se dévêtirent et allèrent courir, éclaboussés par les vagues. À marée basse l'océan était relativement calme, leurs mains plongeaient dans l'eau sablonneuse, attrapaient des petits crabes ; autour d'eux une cane et ses trois canetons pataugeaient, provoquant en eux une inextinguible joie. Ne voulant pas interrompre leurs jeux d'enfants Elisa partit s'asseoir assez loin du ponton, et après avoir hésité étala sa grande serviette écrue sur le sable noir, savourant l'idée que personne peut-être n'avait encore jamais foulé ce sédiment exhumé des profondeurs de la plage où il était depuis la nuit des temps. Elle ôta ses lunettes et ferma les yeux pendant un long moment, dans le vent froid chauffé par le soleil si particulier à la région. Lorsqu'elle les rouvrit, Alice et Justin se tenaient devant elle, frigorifiés, ils voulaient rentrer. On se mit donc en route. Après avoir parcouru une trentaine de mètres Elisa, qui serait volontiers restée là jusqu'à la nuit, se retourna, embrassa du regard l'océan et la plage, étendues apaisantes, sans limite et uniformes : aucun bateau ne raturait la ligne d'horizon marin, et le sable s'enfonçait sur sa gauche et sur sa droite dans l'infini, dans son immensité blanche tachetée de noir, ininterrompue dans sa perfection, et dont la virginité n'était salie que par un reflet particulièrement brillant, un morceau de sac de chips ou le vestige d'un ustensile de pêche, non loin de l'endroit qu'elle venait de quitter.

De retour à la maison Justin se dépêcha d'ouvrir de la limonade et une bouteille de vin blanc. On avait faim. Mais Elisa se sentit soudain très lasse et avant de préparer à dîner elle voulut aller s'étendre un moment sur la chaise longue dans le jardin. Elle chercha ses lunettes de soleil dans son sac, partout. Elle avait dû les oublier sur la plage. La fatigue fit place à une légère irritation : elle avait payé une petite fortune pour cette marque.

– Je reviens !

Elle reprit le chemin, marchait déjà plus calmement, d'un pas qui la surprenait par sa lenteur, par le rythme parfait qui le réglait, ajusté à celui qui secouait doucement les branchages autour d'elle, à la fréquence des vagues qu'elle entendait déjà. Parvenue aux abords de la plage, elle s'arrêta, mit les mains dans les poches de son anorak et sentit sous sa main droite la monture en métal de ses lunettes de soleil. Son regard bascula sur le reflet. Elle pouvait encore voir l'objet briller sous la lumière de fin d'après-midi. Elle aurait pu retourner chez elle, décider qu'il s'agissait bien d'un sac de chips, d'un ustensile de pêche, ou de lunettes de soleil, et même conclure contre toute logique qu'il pouvait s'agir des siennes, de lunettes, rien ne l'en empêchait. Et elle ne serait plus revenue à cette plage jusqu'à la prochaine tempête, en tout cas jusqu'au lendemain, quand sous l'effet de la marée montante le sable l'aurait à nouveau recouverte. Mais le reflet l'attirait comme un aimant, ses pieds nus s'enfonçaient dans le sable plus meuble à l'approche de l'eau.

Parvenue en surplomb, elle observa pendant un long moment l'objet qui sous cet angle ne brillait plus. C'était une pièce de métal vert, plate, horizontale, dont les bords disparaissaient sous le sable. Elisa voulut se saisir de l'un des bouts mais la surface était trop large, à mesure qu'elle la déblayait ses dimensions augmentaient, découvrant une surface toujours aussi plate et horizontale. Elisa redoubla d'efforts, elle ramassait et jetait les poignées de sable noir autour d'elle de plus en plus vite, de plus en plus loin, jusqu'à découvrir un large rectangle métallique de deux mètres de longueur et d'un mètre de large, imbriqué dans le sable rocailleux, bordé d'énormes clous gris clair, et muni en son milieu d'un gros bouton de la même couleur. Cette porte qui ressemblait à un sas de sous-marin était rigoureusement identique à celle de l'étage analogue. Elisa releva la tête. Pas une âme à perte de vue, la marée montait lentement, d'ici une heure ou deux l'endroit où elle se trouvait serait recouvert par une nappe de sable, secoué par les vagues. Personne ne saurait, personne n'irait la chercher jusque-là.

RÉALISATION : NORD COMPO À VILLENEUVE-D'ASCQ
ACHEVÉ D'IMPRIMER SUR ROTO-PAGE
PAR L'IMPRIMERIE FLOCH À MAYENNE
DÉPÔT LÉGAL : JANVIER 2023. N° 152479 (101366)
Imprimé en France